JULIO VERNE

DE LA TIERRA A LA LUNA

Título: De la Tierra a la Luna
Título original: *De la Terre à la Lune Trajet direct en 97 heure*
Autor: Julio Verne

C/ Primavera, 10, nave 35
28500 Arganda del Rey
Madrid-España
www.edimat.es

Traducción: Ediciones Nauta
Introducción: Rocío Pizarro
Diseño e ilustraciones de cubierta: Karakachoff Estudio
Ilustración de cubierta: Andrés Nancul para Karakachoff Estudio

ISBN: 978-84-9794-614-8
Depósito Legal: M-7782-2025

Impreso en España - *Printed in Spain*

INTRODUCCIÓN

Julio Verne nació el 8 de febrero de 1828 en la ciudad francesa de Nantes, en la época en la que esta villa todavía podía presumir de la herencia de la pasada prosperidad de su puerto y de su gran actividad comercial. La madre de Julio, Sophie Ayote, se casó en 1827 con un joven procurador que atendía al nombre de Pierre Verne. El matrimonio tuvo cuatro hijos, dos niños y dos niñas, de los cuales Julio Verne era el mayor. Se cuenta que en la ceremonia del bautizo un familiar se acercó al padre y le dijo: «Será poeta como tú —puesto que este coqueteaba con la poesía en sus ratos de ocio—; y bromista y cariñoso como Sophie». A lo que el señor Verne opuso: «Mi hijo será procurador como yo». Hecho en el que se afanó toda su vida. Julio Verne compartió con su progenitor desde muy pequeño la afición a la poesía, pero se distanciaba de éste en la finalidad del arte de componer versos. Pierre Verne, poeta aficionado, utilizaba la poesía como acompañamiento obligado de cumpleaños, bautizos y otras celebraciones familiares, pero no admitía, sin lugar a dudas debido a su fuertes creencias católicas, que ninguno de sus hijos se dedicara exclusivamente a los placeres fáciles, entre los que incluía la vida de artista. Este padre austero exigía de sus dos hijos varones una férrea disciplina y una total dedicación a un oficio que hiciera de ellos hombres de provecho. Para su hijo mayor, Julio, deseaba, desde el momento mismo de su nacimiento, que fuera procurador como él. Julio en ningún momento se planteó dedicar su vida a desempeñar tales labores, si bien es verdad que tuvo que obedecer a su padre e ir a estudiar Derecho a París. Tal vez esta obediencia fuera una forma de desobediencia, puesto que sabía que la única manera de conocer París y entrar en contacto con el mundo artístico era que su padre le financiara su estancia en esta ciudad, y ésto sólo ocurriría si accedía a estudiar en la universidad. Pero ésto es adelantarnos mucho a los acontecimientos. Julio se crió en un ambiente familiar en el que se le inculcó el respeto por la palabra escrita y las habilidades oratorias. También sabemos que el padre de Julio se preocupaba por estar al tanto de todos los descubrimientos científicos de su época e intentaba transmitir todos sus conocimientos y entusiasmo al resto de la familia. En aquella época proliferaron las revistas de tipo didáctico que leía toda la familia. En estas publicaciones se podían encontrar los últimos descubrimientos e inventos de toda clase y también podían hallarse regularmente relatos geográficos con ilustraciones y artículos de ciencia destinados a los inexpertos. Verne desde muy pequeño sentía fascinación por las máquinas y por ello se escapaba junto a su hermano durante las vacaciones, que normalmente trascurrían en Chantenay, para ver el funcionamiento de las máquinas de una fábrica situada en esta población.

A la edad de nueve años entra en la escuela elemental católica Saint-Stanislas. Obtuvo menciones honoríficas en Griego y Geografía y el último año que cursó en este colegio (1839-1840), en Latín y en Canto. Recordaba el mismo Julio que, antes de que se sintiera atraído por la literatura, lo que más le gustaba era la Geografía. Al terminar su período de instrucción en Saint-Stanislas empezó a asistir al Seminario Menor de Nantes, donde se aseguraba a los padres una educación sólida y basada en los firmes preceptos del cristianismo.

Como ya hemos señalado la poesía era, no sólo para el padre sino también para toda la familia Verne, una tradición familiar, entendida casi como una obligación. Padres e hijos, hermanos, tíos y primos se dedicaban e intercambiaban poemas a la menor ocasión. A nuestro joven autor este arte no le parecía una mera obligación familiar, sino un medio de expresión necesario para verter todo lo que en él se hallaba contenido. Julio empezó a componer versos con doce años, unos versos malísimos, como él mismo confesó años más tarde. Sus amores de adolescencia sirvieron de inspiración al enamorado Julio. Casi toda la información obtenida de este período se debe a unos cuadernos de notas que contienen borradores de los poemas que dedicó a jovencitas de Nantes. Poemas que no tuvieron el efecto deseado por su autor, puesto que ninguna de ellas mantuvo una relación amorosa con él. Caroline, prima suya y su primer amor, contrajo matrimonio con un hombre de negocios, que tenía cuarenta años y una buena posición.

Tras este desengaño amoroso Julio no tardó en suspirar por otra mujer, Herminie, pero también en este caso Verne fracasará en su intento amoroso. Los padres de la joven querían un esposo rico para su hija y no al hijo de un modesto procurador que parecía no tener oficio alguno. Julio opinaba que sus desventuras se debían tanto a los padres de las jóvenes a las que intentaba cortejar como a la propia sociedad burguesa de la conservadora Nantes.

Julio Verne, en una entrevista concedida en 1893 al periodista Robert Sherard, confesaría que fue a los diecisiete años cuando inició sus primeras creaciones serias, obras de teatro y algunas novelas, pero en las que todavía no se alcanza a ver al Julio Verne que nosotros conocemos, quizá porque todavía no ha conseguido deshacerse de un lastre que lo retiene, su padre y su obsesión por que Julio estudiara Derecho y se hiciera cargo, en un futuro no muy lejano, del bufete familiar. En 1847, Julio se ve obligado a realizar un breve viaje a París para matricularse en la Facultad de Derecho. En 1848, año en el que es elegido Luis Napoleón presidente de la República, se traslada definitivamente a París con el firme objetivo de convertirse en escritor, a pesar de que tendrá que estudiar Derecho para mantener contento a su padre y, por ende, para que éste le financie todos los gastos, que no serán pocos, en parte debido a su delicada salud y a sus consecuentes cuidados y, por otro lado, a su condición de burgués que no está dispuesto a renunciar al confort al que estaba acostumbrado en Nantes. Las constantes peticiones de aumentos en el presupuesto que le destinaba mensualmente su progenitor fueron motivo de tensiones entre ellos, tensiones que se ven reflejadas en la abundante correspondencia que mantenía con su familia y que nos ha llegado hasta nuestros días. Los primeros años que Verne pasó en París sufrió constantes trastornos intestinales que le obligaban a guardar cama durante días y a llevar un régimen alimenticio muy estricto, y en opinión del padre bastante caro.

Será en París donde conozca a Alexandre Dumas, padre e hijo, siendo con éste último con quien trabará mayor amistad. Dumas hijo iba a hacer posible el sueño de nuestro joven escritor de introducirse en el mundo del teatro e incluso le iba a ayudar a escribir dos obras de teatro que más tarde se estrenarían con cierto éxito: *El envite* y *Once días de asedio.* La primera de las obras se estrenó el 12 de junio de 1850. Verne se pudo beneficiar económicamente de tal empresa, y se lo hizo saber de inmediato a su padre con el fin de demostrarle que se podía ganar la vida como escritor, ya que éste empezaba a enfadarse por la falta de interés que su hijo demostraba por el Derecho y el mucho tiempo que empleaba en escribir, labor que consideraba una afición y no un oficio digno de su hijo. En 1851 pide a su padre que confíe en él como escritor y que le envíe el dinero suficiente para alquilar un piso y amueblarlo. Pierre Verne accede con la convicción de que su hijo, tarde o temprano, se dará cuenta de que ha errado el camino. Sin embargo, Julio está totalmente convencido de su vocación y va a luchar con todos sus medios para ganarse la vida como escritor. A principios del verano de 1851 ha terminado una ópera y una comedia, y está a punto de publicar dos obras en la revista *Musée des familles.* El primer relato que publicó Verne, *Los primeros barcos de la marina mexicana,* constituía una curiosa mezcla de realidad e imaginación, adelanto de lo que serán sus futuras novelas. La buena aceptación que obtuvo con este relato le llevó a publicar con cierta regularidad en esta revista. Pero el dinero que le proporcionaban estas publicaciones apenas bastaba para pagar el alquiler. Por ello dedicó más tiempo a escribir obras teatrales, puesto que el teatro era una fuente más prometedora de ingresos y fama. En los años siguientes, Julio Verne escribe mucho, pero no pasa de pequeñas publicaciones en modestas revistas y de depositar grandes esperanzas en mediocres obras de teatro y alguna que otra ópera en las cuales no reconocemos al Julio Verne que le llevará a la fama. También obtendrá un puesto como secretario del Théâtre Lyrique, que no le reportará ningún beneficio pero que le va a ayudar a estrenar algunas de sus obras teatrales, que no tendrán mayor trascendencia en el conjunto de su obra. A su desesperación por no hallar el sendero del éxito, debido a que todavía no había encontrado su camino dentro de la literatura, vienen a sumársele los continuos trastornos intestinales y un nuevo y alarmante síntoma: su primer ataque de parálisis facial cuyo origen desconocen los médicos y que durante una temporada le mantiene inmóvil un lado de la cara.

Cumple veintisiete años, en pleno ataque de su segunda parálisis facial, y no ha conseguido más que escribir hasta el agotamiento para obtener unos vodeviles mediocres y unos relatos no superiores a sus obras teatrales. Cierto es que estos esfuerzos no son del todo vanos, pues le sirven para aprender a dar vida a diferentes personajes, a construir diálogos que hagan dinámica la intriga e ir descubriendo diferentes técnicas narrativas. A estas alturas también le preocupa estar soltero y sin compromiso.

Y por fin en 1857 vio cumplido su deseo de contraer matrimonio. Y lo hizo con una joven viuda, Honorine Morel, de buena familia y que tenía dos hijas. Tras este matrimonio, Verne se vio en la obligación de ponerse a trabajar en la Bolsa de París, gracias a un hermano de Honorine que le facilitó el trabajo, para mantener a su esposa. Hasta el decisivo año de 1862, en el que conoció al editor que le iba a lanzar a la fama, Verne estuvo prácticamente ocupado con sus negocios en la Bolsa, dejando muy poco tiempo a su labor de escritor, pero sin pensar nunca en abandonarla. Julio tenía treinta y tres años cuando nació su primer y único hijo, Michael Pierre. En la partida de nacimiento de su hijo, Julio Verne figura como abogado de profesión, a pesar de ejercer como empleado de Bolsa. Pero en 1862 todo iba a cambiar, Julio ha cumplido ya treinta y cuatro años.

Pero para la llegada de su éxito todavía va a necesitar la aparición de una persona que le va a acompañar en toda su trayectoria profesional: el editor Pierre-Julio Hetzel. La suya fue una simbiosis perfecta, pues ambos se necesitaban mutuamente. Verne halló en Hetzel el apoyo que tanto tiempo llevaba buscando, el reconocimiento público y buenos beneficios económicos. Y Hetzel encontró en nuestro novelista un nuevo género con afán didáctico, donde se hermanan ciencia y fantasía con visos de realidad y un filón inagotable de dinero. La primera novela de este género en ciernes se titulaba *Cinco semanas en globo* y comienza refiriendo una reunión de la Real Sociedad de Geografía, en cuyo transcurso se da a conocer una nueva forma de exploración que consistía en sobrevolar las regiones, todavía vírgenes, de África. A lo largo del relato se narran las aventuras de un científico que realiza un viaje en globo por África para confirmar las recientes informaciones obtenidas por importantes exploradores como Richard Burton, James Grant o David Livingstone. Proporcionando fechas, datos y nombres de exploradores reales, Verne dota al relato de una gran credibilidad, llegando, incluso, muchos de sus lectores, a creer que no es un relato ficticio sino real. Ésta es la técnica de la que se servirá a lo largo de su vida en la creación de sus magníficas novelas, aprovechando sus extraordinarios conocimientos científicos y su interés por todos los descubrimientos e inventos de la época, y recreando a partir de ellos, con una riqueza sin límite, fantásticas situaciones que bien pudieran ser posibles sin salirse del marco científico. Por todo esto, podemos decir que Verne se inventó muy pocas cosas y lo que realmente hizo fue aprovechar y captar, con gran maestría, la coyuntura social y cultural y asimilar las partes y el conjunto de la revolución científica del siglo XIX. Su importancia reside en hacer de cronista de los capítulos que estaban aconteciendo en su tiempo y proyectarlos hacia el futuro. Cronista científico que recoge y plasma en sus obras la inagotable pretensión del hombre: dominar el Universo. Las primeras novelas de Verne se publican en entregas quincenales en el *Magasin d'éducation et de récréation* que editaba Hetzel, y más tarde se publicaban en uno o varios volúmenes. Lo que necesitaba el experto editor era un narrador con intenciones didácticas que mantuviera en suspenso al lector y esperara ansiosamente el próximo número. Y ese narrador era Verne. Hetzel tuvo mucho cuidado de que en los textos de su nuevo autor no se dañara en modo alguno los valores de la ética imperante, tratando siempre de que estas lecturas fueran del agrado del mayor número posible de lectores. Y para ello el mismo Hetzel le corregía todas sus novelas, aportando, siempre con el permiso de nuestro autor, cosas suyas.

Verne obtuvo un gran éxito con su primera novela. A ésta le siguió *Aventuras del capitán Hatteras,* que contaba la trepidante historia de un capitán obsesionado por ser el primero en llegar al Polo Norte, y tras esta novela otra, Verne no descansaba, un libro tras otro y a veces escribía dos o tres a un mismo tiempo. El nuevo libro, *Viaje al centro de la Tierra,* no parecía basarse tanto en los sólidos conocimientos científicos de sus anteriores novelas, puesto que en esta obra, Verne se permite especular libremente sobre la composición de nuestro planeta. En 1865 publica *De la Tierra a la Luna* cuyo argumento consistía en enviar un proyectil a la Luna con tres tripulantes. Nos resulta asombroso la cantidad de anticipaciones científicas que hallamos en esta novela, no tenemos más que comparar lo que ocurre en ésta con el primer viaje del Apolo a la Luna y veremos que Verne acertó en muchísimas cosas. Y al igual que las anteriores fue un éxito.

Verne lleva un actividad frenética y siente la imperiosa necesidad de abandonar París para trasladarse a Le Crotoy, una pequeña población en la costa a 70 kilómetros de Amiens, donde vive la familia de su esposa. En los años siguientes va a seguir trabajando al mismo ritmo, pero con la diferencia de poder aislarse del mundo con pequeñas salidas al mar. En diciembre de 1865 aparece la primera entrega de *Los hijos del capitán Grant* que va a tener fascinados durante dos años a los lectores del *Magasin d'éducation et de récréation.* Más tarde, Hetzel publicará la obra en tres volúmenes.

Pocas veces abandonó Verne el viejo continente y una de ellas fue en 1867 para visitar los Estados Unidos. El viaje lo realizó a bordo del mayor buque que existía en esa época, con capacidad para transportar a cuatro mil pasajeros. Su estancia en América fue muy breve, apenas ocho días.

Pudo, por lo menos recorrer Nueva York, visitar Búfalo, el lago Erie y las cataratas del Niágara. Durante todo el viaje tomó notas y las dedicadas al viaje en el impresionante barco que lo había trasladado hasta estas lejanas tierras, las utilizó después para escribir un relato: *Una ciudad flotante.* Tras este viaje Hetzel le encarga la ardua tarea de escribir un diccionario geográfico de Francia. Labor que le mantendrá ocupado hasta 1868, impidiéndole dedicar más tiempo a su más ambiciosa obra: *Veinte mil leguas de viaje submarino,* que había empezado a escribir en 1866. Parece ser que la idea de narrar una historia que se desarrolla en las profundidades del mar la tomó de una sugerencia de George Sand (pseudónimo literario de Aurore Dupin), de quien Hetzel es editor y amigo. Éste le había enviado todas las novelas de Verne hasta entonces publicadas a su amiga. Sand acababa de pasar tres horribles meses cuidando a su compañero sentimental, Alexandre Moreau, que se hallaba muy grave. En una carta de agradecimiento hacia Hetzel, en 1865, dice que los relatos de Julio Verne:

«... han conseguido distraerme mucho de un hondo dolor y me han permitido soportar mejor las preocupaciones. Lo único que siento es haberlos terminado y que no me quede otra docena por leer. Tengo la esperanza de que no tardará en llevarnos al fondo del mar y que hará que sus personajes viajen en esos aparatos de inmersión que sus conocimientos científicos y su imaginación son capaces de perfeccionar.»

Sin duda alguna Hetzel comunicó a su estimado novelista el contenido de este fragmento de la carta de George Sand y a Julio le pareció una gran idea la de un submarino como escenario de una nueva historia. A finales de 1868, Verne entrega a su editor los primeros capítulos de *Veinte mil leguas de viaje submarino* para que éste los publique. Al mismo tiempo escribe *Viaje alrededor de la Luna,* que es la continuación de su popular novela *De la Tierra a la Luna,* en la que había dejado abandonados en el espacio a los tres intrépidos tripulantes del proyectil. En la primavera de 1869 le envía a Hetzel el manuscrito de *Viaje alrededor de la Luna,* mientras él se afana por terminar los últimos capítulos de *Veinte mil leguas de viaje submarino.*

Cierto es que en esta obra aparecen informaciones que sin duda iban a despertar el interés de sus lectores y que de nuevo, con sus audaces opiniones, iban a contribuir al ámbito del saber. Verne continuaba escribiendo sin parar, debía terminar su obra maestra, *Veinte mil leguas de viaje submarino,* y ya había empezado a escribir unos relatos para publicarlos en diferentes revistas. Toda esta actividad se vio violentamente interrumpida el 19 de junio de 1870 por la guerra entre Francia y Prusia. Ante tal hecho Julio envió a su familia a Amiens y él, como poseedor de un barco, fue destinado al servicio de guardacostas en Le Crotoy. En septiembre casi todo el norte y el este de Francia estaba en manos del enemigo, y la situación no parecía que fuese a mejorar. Napoleón III fue encarcelado, aunque más tarde se le permitiría retirarse a la campiña inglesa. Un gobierno provisional se hizo cargo de la situación en Francia, pero el 28 de enero de 1871 se vio obligado a rendirse. Durante todo el conflicto, Verne ha seguido escribiendo y a pesar del mal estado de las comunicaciones ha estado siempre en contacto con su editor. Julio Verne regresa a París y tras una breve estancia decide abandonar de nuevo esta ruidosa ciudad para irse a vivir a Amiens.

En Amiens podía incluso leer los diarios de París, que por estas fechas, verano de 1871, hablaban de su magnífica obra *Veinte mil leguas de viaje submarino,* cuyo último tomo se había publicado en la desafortunada fecha de junio de 1870, en vísperas de la guerra. Pero los críticos apenas hacían justicia a esta obra maestra. Está claro que todavía era demasiado pronto. En Amiens terminó una novela, *El país de las pieles,* que había comenzado cuando Francia aún estaba en guerra y redactó casi al mismo tiempo una novela breve que iba a ser motivo de muchas satisfacciones: *La vuelta al mundo en 80 días.* El protagonista, Phileas Fogg, hace una apuesta con unos miembros de su club londinense que consiste en dar la vuelta al mundo en ese plazo de tiempo. Fogg se encontrará a lo largo del camino con infinidad de dificultades que logrará salvar y llegará a tiempo a Londres para ganar la apuesta. Durante el invierno de 1874-1875, Verne, abandona todo y se marcha a Antibes. Éste no es un viaje de placer sino de trabajo. Va a alojarse en casa de Adolphe Philippe Dennery, quien va a llevar a cabo la adaptación de la ya por entonces famosa novela de Verne *La vuelta al mundo en 80 días.*

Esta adaptación teatral de la novela fue todo un éxito. La obra se representó prácticamente en medio mundo y a Julio le reportó, además de más popularidad, unas sustanciales sumas de dinero. Verne, continuando su gran actividad creadora, publica en septiembre de 1874 el primero de los tres tomos de *La isla misteriosa.*

Mientras escribía *La isla misteriosa* redactaba otra obra que, como él mismo reconocía, se trataba de un arquetípico relato de náufragos: *El Chancellor.* Y revisaba al mismo tiempo con su editor *El disparate del doctor Ox,* un malvado sabio que utiliza sus conocimientos científicos para apoderarse de una ciudad y manipular a sus habitantes.

En medio de tanta actividad creadora, Julio no deja de quejarse a amigos y familiares del irrespetuoso y preocupante comportamiento de su hijo Michael. Tan sólo cuenta con catorce años y trae de cabeza a su padre y a su madre. Para corregir a su descarriado hijo le habían ingresado en un estricto internado católico, cuya severidad no había bastado para amansar al joven Verne. Con lo cual adoptaron la medida de enviarle, en 1875, recluso a una institución mental durante una temporada, puesto que Julio Verne creía ver en su hijo una forma de maldad que únicamente podía proceder de algún trastorno mental. A nuestro novelista no parece afectarle en su producción este grave problema, ya que por esas fechas está escribiendo lo que sería otro nuevo gran éxito: *Miguel Strogoff,* una emocionante odisea llena de aventuras que se desarrolla en la Rusia zarista; al mismo tiempo redacta *Héctor Servadac,* una aburrida novela que contiene una fuerte carga antisemita, que tratará de moderar, en la medida de lo posible, su editor, que siempre piensa en los beneficios y teme ofender a sus lectores judíos. Verne está muy satisfecho con sus éxitos, pero hay algo que no le permite disfrutar plenamente de su popularidad, y es la falta de reconocimiento de sus colegas escritores y de los críticos literarios, que le consideran un entretenido escritor científico con una desbordante imaginación. A medida que Julio se hace mayor también crecen sus deseos de pertenecer a la Academia Francesa. Por ello, luchará casi hasta el final de sus días, pues ve en ello una forma de reconocimiento intelectual, pero esta lucha será en vano, puesto que Verne no ocupará nunca un sillón en tal institución. En 1877 tiene ya preparadas dos nuevas obras y tiene la intención de hacer la adaptación teatral de varias novelas suyas que son ya un éxito. Sólo la obra teatral *Miguel Strogoff,* basada en su famosa novela del mismo nombre, supuso un éxito de crítica y de taquilla, el resto de las adaptaciones o no llegaron a estrenarse o fueron un rotundo fracaso. En 1878, Julio estaba terminando *Las tribulaciones de un chino en China* y estaba trabajando también en *La casa de vapor: viaje a través del norte de la India.*

Entretanto, su hijo Michel no ha dejado de darle problemas. Verne, desesperado, decide embarcar a su único vástago durante veinticuatro meses con la intención de que éste escarmiente y los Verne puedan tranquilizarse un poco. Cuando Michael regresa nada ha cambiado, continúa derrochando la fortuna paterna y sigue con su actitud violenta.

Pero Verne no se vio obligado a echarle de casa ya que nuestro joven rebelde huyó con una cantante y se casó con ella. Durante un tiempo Julio estuvo sin noticias de su hijo, pero el estado de incertidumbre y las preocupaciones parecen afectar por vez primera a nuestro novelista en su producción. Está escribiendo una novela cuyo argumento, en opinión de Hetzel, no había por donde cogerlo. Tras la revisión de la obra, realizada como siempre por el editor, Verne tiene que realizar una serie de cambios en el manuscrito. Y para más muestras de abatimiento, Verne comunica a su editor que comience a buscar a otros escritores que se dedicasen, cuando les llegase el turno, a lo que él estaba haciendo, para que a Hetzel no le cogiera desprevenido el día en que él no fuera capaz de llenar las primeras páginas de todas las publicaciones del *Magasin d'éducation.* Estas advertencias cayeron pronto en el olvido, puesto que Julio se recuperó pronto y volvió a entregarse por completo a la escritura hasta días antes de su muerte. A principios de 1882, aparecía en la revista de Hetzel *Escuela de Robinsones,* una obra menor que muestra una visión renovada del famoso mito. Nada más acabar este libro empezó *El rayo verde,* que terminó en la primavera de 1882. Este mismo año Verne se propuso escribir una obra de teatro, en vez de llevar a cabo una adaptación de una de sus novelas. El título para su nueva obra fue: *Viaje a través de lo imposible,* y se estrenó en 1883. En esta obra, Verne recurre a personajes famosos de obras anteriores que van apareciendo en escena sucesivamente. La crítica fue bastante dura con la obra y apenas se recaudaron beneficios.

El 9 de mayo de 1886, Julio Verne, tras un tranquilo día que había transcurrido en su club, leyendo sin duda, sufrió un aparatoso accidente al regresar a casa. Su sobrino, Gaston, que sufría monomanía y manía persecutoria, le disparó, hiriéndole en la pierna izquierda. Los motivos de tal agresión se desconocen, sólo sabemos que Gaston fue recluido en una clínica mental. Para Julio significó una larga estancia en cama, acompañado de la angustiosa posibilidad de no poder volver a andar durante el resto de su vida. Julio logró, tras largas sesiones de rehabilitación, volver a caminar, pero le quedó una molesta cojera. El 17 de marzo, mientras Julio está todavía convaleciente, Hetzel fallece. A partir de ahora, Verne, trabajará con su hijo, Julio Hetzel, que a la edad de treinta y ocho años es ya un experto editor. Verne va a pasar una mala racha, el trágico accidente y la muerte de su amigo le sumen en una profunda depresión. Para luchar contra éste lamentable estado, Julio se refugia en lo que ha sido siempre su tabla de salvación: la escritura. La novela que le ayudó a salir a flote, el compañero de los meses posteriores a la agresión y al fallecimiento de Hetzel, fue, sin lugar a dudas,

Norte contra Sur, una ambiciosa obra sobre el sur norteamericano durante la guerra de Secesión.

Las ventas de los libros de Verne empiezan a bajar, Julio se ve obligado a trasladarse de casa, a una más modesta, y vende su barco. A medida que pasan los años, el público está cada vez menos interesado por las novelas de nuestro autor. En una carta dirigida a Julio Hetzel, de 1892, se queja del estado de sus cuentas.

A pesar de su escaso éxito, Julio continúa escribiendo, y a un ritmo inmejorable. En 1894 tiene ya escritos los libros *La isla de hélice* y *El soberbio Orinoco* que debe entregar a su editor durante los tres años siguientes. Además de estas novelas escribe relatos breves y novelas sin trascendencia. En 1896 cae enfermo y apenas puede escribir:

«Ya se habrá usted dado cuenta de cómo se me está deformando la letra, porque tengo calambres muy serios...».

Consigue recuperarse ligeramente y sigue escribiendo, pero ya ha bajado considerablemente el ritmo de producción. En 1901, también su vista empieza a fallarle, sufre un principio de cataratas en ambos ojos. La imagen que ofrecía nuestro anciano escritor era lastimosa, con su pronunciada cojera, sus manos castigadas por los múltiples calambres y su empeño por seguir escribiendo cuando apenas podía leer lo que redactaba. Julio se ha puesto enfermo mientras estaba escribiendo su centésimo libro y lo único que pide es poder terminarlo antes de caer en la oscuridad absoluta, tal y como le confía a un periodista de *Le Matin.* Afortunadamente, Verne no sólo pudo terminar esta obra, sino que también finalizó su centésimo primer libro, *Un drama en Livonia,* y varios más. Verne escribió prácticamente hasta el día de su muerte. El 24 de marzo de 1905, Julio Verne fallece a causa de una diabetes terminal. Fue enterrado en el cementerio de La Magdalena, en Amiens.

De la Tierra a la Luna

Durante la guerra de Secesión, un grupo de expertos en balística fundan en Baltimore una asociación que acoge a sus hermanos de armas e ideología y la bautizan con el nombre de *Gun-Club*. Esta asociación concibe el proyecto de enviar una bala de cañón a la Luna. Según los consejos que reciben del observatorio de Cambridge, la bala debe alcanzar una velocidad de 10 968 metros por segundo y ser lanzada cuando el satélite se encuentre a su menor distancia con respecto a la Tierra y desde un lugar ubicado entre los 0º y los 28º de latitud Norte o Sur, con la finalidad de acertar a la Luna en el centro. Con estos, datos el *Gun-Club* decide que el lugar idóneo para el lanzamiento debe ser Florida y que el proyectil tiene que ser una bala de aluminio hueca de 8720,25 kilos. Para lanzar tan enorme artefacto se creará un cañón de hierro fundido de 273 metros de largo y cargado con 180 000 kilos de algodón-pólvora.

Cuando están ultimando los preparativos un aventurero francés llamado Michel Ardan envía un telegrama manifestando su intención de viajar dentro del proyectil. Tras largas deliberaciones se acepta que un hombre viaje en el interior del proyectil y se llevan a cabo las correcciones oportunas en el diseño del artefacto. Finalmente serán tres las personas que realicen el viaje a la Luna. El trayecto está lleno de dificultades que consiguen salvar. Llegan a la Luna y a causa de una explosión que los desvía de su órbita y los hace caer en el campo de atracción de la Tierra. Se inicia así una vertiginosa caída que finaliza en el océano Pacífico.

Cuando nos fijamos hoy en día en la era de los viajes del Apolo a la Luna, nos damos cuenta de las asombrosas anticipaciones científicas que desarrolló Julio Verne en esta obra. Verne tiene que enviar a la Luna en una «bala» a tres hombres, lo mismo que hizo la NASA. Los miembros del *Gun-Club* se enfrentan con los mismos problemas de gravedad y resistencia que tuvieron que resolver los científicos que pusieron en órbita al Apolo. Para lanzar el proyectil en el ángulo correcto, Verne escoge Florida como punto de partida, al igual que la NASA. Y para mayor coincidencia, los tripulantes del Apolo también cayeron en el océano Pacífico.

De la Tierra a la Luna se publicó primero por entregas en un diario de París, entre el 14 de septiembre y el 14 de octubre de 1865. Más tarde lo publicó su editor en formato de libro. La emoción que produce en los lectores esta novela, que al ser publicada por entregas aumenta aún más la ansiedad del público, llega a su punto culminante cuando el francés Ardan (personaje que hace homenaje a un famoso e intrépido aeronauta llamado Nadar, amigo de Verne, cuyo nombre ha transformado en Ardan cambiando de orden las letras) manifiesta su propósito de participar en la aventura. De inmediato, la redacción del periódico que estaba publicando la novela se llenó de telegramas de individuos que deseaban participar en el viaje espacial. Las entregas de *De la Tierra a la Luna* parecían en realidad reportajes de un proyecto auténtico, gracias a los datos científicos que se aportan. Julio colabora con dos matemáticos que le asesoran y revisan todos los cálculos de curvas, parábolas e hipérboles del proyectil.

El trabajo que se tomó Julio Verne al escribir esta novela no sólo se vio recompensado por el gran éxito que alcanzó entre los lectores del momento, sino que se verá finalmente recompensado cuando el hombre cumpla su sueño de viajar a la Luna cumpliendo muchas de las predicciones que anticipó nuestro escritor.

DE LA TIERRA A LA LUNA

CAPÍTULO PRIMERO

El *Gun-Club*

Durante la Guerra de Secesión de los Estados Unidos, se estableció en Baltimore, ciudad del Estado de Maryland, una nueva sociedad de mucha influencia. Conocida es la energía con que el instinto militar se desenvolvió en aquel pueblo de armadores, mercaderes y fabricantes. Simples comerciantes y tenderos abandonaron su despacho y su mostrador para improvisarse capitanes, coroneles y hasta generales sin haber visto las aulas de West Point[1], y no tardaron en rivalizar dignamente en el arte de la guerra con sus colegas del antiguo continente, alcanzando victorias, lo mismo que estos, a fuerza de prodigar balas, millones y hombres.

Pero en lo que principalmente los americanos aventajaron a los europeos, fue en la ciencia de la balística, y no porque sus armas hubiesen llegado a un grado más alto de perfección, sino porque se les dieron dimensiones desusadas y con ellas un alcance desconocido hasta entonces. Respecto a tiros rasantes, directos, parabólicos, oblicuos y de rebote, nada tenían que envidiarles los ingleses, franceses y prusianos, pero los cañones de estos, los obuses y los morteros no son más que simples pistolas de bolsillo comparados con las formidables máquinas de artillería norteamericanas.

No es extraño. Los yanquis no tienen rivales en el mundo como mecánicos, y nacen ingenieros como los italianos nacen músicos, y los alemanes, metafísicos. Era, además, natural que aplicasen a la ciencia de la balística su natural ingenio y su característica audacia. Así se explican aquellos cañones gigantescos, mucho menos útiles que las máquinas de coser, pero no menos admirables y mucho más admirados. Conocidas son en este género las maravillas de Parrot, de Dahlgreen y de Rodman. Los Armstrong, los Pallisier y los Treuille de Brencelieu tuvieron que reconocer su inferioridad delante de sus rivales ultramarinos.

---

[1] Academia militar de los Estados Unidos. *(N. del T.)*

Así, pues, durante la terrible lucha entre nordistas y sudistas, los artilleros figuraron en primera línea. Los periódicos de la Unión celebraron con entusiasmo sus inventos, y no hubo ningún hortera, por insignificante que fuese, ni ningún cándido bobalicón que no se devanase día y noche los sesos calculando trayectorias desatinadas.

Y cuando a un americano se le mete una idea en la cabeza, nunca falta otro americano que le ayude a realizarla. Con sólo que sean tres, eligen un presidente y dos secretarios. Si llegan a cuatro, nombran un archivero, y la sociedad funciona. Siendo cinco se convocan en asamblea general, y la Sociedad queda definitivamente constituida. Así sucedió en Baltimore. El primero que inventó un nuevo cañón se asoció con el primero que lo fundió y el primero que lo taladró. Tal fue el núcleo del *Gun-Club*[2].

Un mes después de su formación, se componía de 1833 miembros efectivos y 30 565 socios correspondientes.

A todo el que quería entrar en la sociedad se le imponía la condición, *sine qua non,* de haber ideado o por lo menos perfeccionado un nuevo cañón, o, a falta de cañón, un arma de fuego cualquiera. Pero fuerza es decir que los inventores de revólveres de quince tiros, de carabinas de repetición o de sables-pistolas no eran muy considerados. En todas las circunstancias los artilleros privaban y merecían la preferencia.

—La predilección que se les concede —dijo un día uno de los oradores más distinguidos del *Gun-Club*— guarda proporción con las dimensiones de su cañón, y está en razón directa del cuadrado de las distancias alcanzadas por sus proyectiles.

Fundado el *Gun-Club,* fácil es figurarse lo que produjo en este género el talento inventivo de los americanos. Las máquinas de guerra tomaron proporciones colosales, y los proyectiles, traspasando los límites permitidos, fueron a mutilar horriblemente a más de cuatro inofensivos transeúntes. Todas aquellas invenciones hacían parecer poca cosa los tímidos instrumentos de la artillería europea.

Júzguese por las siguientes cifras:

En otro tiempo, una bala de treinta y seis, a la distancia de 300 pies, atravesaba treinta y seis caballos cogidos de flanco y se-

[2] Cañón Club. *(N. del T.)*

tenta y ocho hombres. La balística se hallaba en mantillas. Desde entonces los proyectiles han ganado mucho terreno. El cañón Rodman, que arrojaba a siete millas[3] de distancia una bala que pesaba media tonelada, habría fácilmente derribado 150 caballos y 300 hombres. En el *Gun-Club* se trató de hacer la prueba, pero aunque los caballos se sometían a ella, los hombres fueron por desgracia menos complacientes.

Pero sin necesidad de pruebas se puede asegurar que aquellos cañones eran muy mortíferos, y en cada disparo caían combatientes como espigas en un campo que se está segando. Junto a semejantes proyectiles, ¿qué significaba aquella famosa bala que en Ceutras, en 1857, dejó fuera de combate a veinticinco hombres?

¿Qué significaba aquella otra bala que en Zeradoff, en 1758, mató a cuarenta soldados? ¿Qué era en sustancia aquel cañón austríaco de Kesselsdorf, que en 1742 derribaba en cada disparo a setenta enemigos? ¿Quién hace caso de aquellos fuegos sorprendentes de Jena y de Austerlitz que decidían la suerte de la batalla? Cosas mayores se vieron durante la guerra federal. En la batalla de Gettysburg un proyectil cónico disparado por un cañón mató a 173 confederados, y en el paso del Potomac una bala Rodman envió a 115 sudistas a un mundo evidentemente mejor. Debemos también hacer mención de un mortero formidable inventado por J. T. Maston, miembro distinguido y secretario perpetuo del *Gun-Club,* cuyo resultado fue mucho más mortífero, pues en el ensayo mató a 137 personas. Verdad es que reventó.

¿Qué hemos de decir que no lo digan, mejor que nosotros, guarismos tan elocuentes? Preciso es admitir sin repugnancia el cálculo siguiente obtenido por el estadista Pitcairn: dividiendo el número de víctimas que hicieron las balas de cañón por el de los miembros del *Gun-Club,* resulta que cada uno de estos había por término medio costado la vida a 2375 hombres y una fracción.

Fijándose en semejantes guarismos, es evidente que la única preocupación de aquella sociedad científica fue la destrucción de la humanidad con un objeto filantrópico, y el perfeccionamiento de las armas de guerra consideradas como instrumentos de civilización.

---

[3] La milla anglosajona equivale a 1609,31 metros. *(N. del T.)*

Aquella sociedad era una reunión de ángeles exterminadores, hombres de bien a carta cabal.

Añádase que aquellos yanquis, valientes todos a cual más, no se contentaban con fórmulas, sino que descendían ellos mismos al terreno de la práctica. Había entre ellos oficiales de todas las graduaciones, subtenientes y generales, y militares de todas las edades, algunos recién entrados en la carrera de las armas y otros que habían encallecido en los campamentos. Muchos, cuyos nombres figuraban en el libro de honor del *Gun-Club,* habían quedado en el campo de batalla, y los demás llevaban en su mayor parte señales evidentes de su indiscutible denuedo. Muletas, piernas de palo, brazos artificiales, manos postizas, mandíbulas de goma elástica, cráneos de plata o narices de platino, de todo había en la colección, y el referido Pitcairn calculó igualmente que en el *Gun-Club* no había, a lo sumo, más que un brazo por cada cuatro personas y dos piernas por cada seis.

Pero aquellos intrépidos artilleros no reparaban en semejantes bagatelas, y se llenaban justamente de orgullo cuando el parte de una batalla dejaba consignado un número de víctimas diez veces mayor que el de proyectiles gastados.

Un día, sin embargo, triste y lamentable día, los que sobrevivieron a la guerra firmaron la paz; cesaron poco a poco los cañonazos; enmudecieron los morteros; los obuses y los cañones volvieron a los arsenales; las balas se hacinaron en los parques, se borraron los recuerdos sangrientos. Los algodoneros brotaron magníficamente en los campos pródigamente abonados, los vestidos de luto se fueron haciendo viejos a la par del dolor, y el *Gun-Club* quedó sumido en una ociosidad profunda.

Algunos apasionados, trabajadores incansables, se entregaban aún a cálculos de balística y no pensaban más que en bombas gigantescas y obuses incomparables. Pero, sin la práctica, ¿de qué sirven las teorías? Los salones estaban desiertos, los criados dormían en las antesalas, los periódicos permanecían encima de las mesas, tristes ronquidos partían de los rincones oscuros, y los miembros del *Gun-Club,* tan bulliciosos en otro tiempo, se amodorraban mecidos por la idea de una artillería platónica.

—¡Qué desconsuelo! —dijo un día el bravo Tom Hunter, mientras sus piernas de palo se carbonizaban en la chimenea—. ¡Nada hacemos! ¡Nada esperamos! ¡Qué existencia tan fastidiosa! ¿Qué fue de aquellos tiempos en que nos despertaba todas las mañanas el alegre estampido de los cañones?

—Aquellos tiempos pasaron para no volver —respondió Bilsby, procurando estirar los brazos que le faltaban—. ¡Entonces daba gusto! Se inventaba un obús, y, apenas estaba fundido, iba el mismo inventor a ensayarlo delante del enemigo, y se obtenía en el campamento un aplauso de Sherman o un apretón de manos de McClellan. Pero actualmente los generales han vuelto a su escritorio, y en lugar de mortíferas balas de hierro despachan inofensivas balas de algodón. ¡Santa Bárbara bendita! ¡El porvenir de la artillería se ha perdido en América!

—Sí, Bilsby —exclamó el coronel Blomsberry—, hemos sufrido crueles decepciones. Un día abandonamos nuestros hábitos tranquilos, nos ejercitamos en el manejo de las armas, nos trasladamos de Baltimore a los campos de batalla, nos portamos como héroes, y dos o tres años después perdemos el fruto de tantas fatigas para condenarnos a una deplorable inercia con las manos metidas en los bolsillos.

Trabajo le hubiera costado al valiente coronel dar una prueba semejante de su ociosidad, y no por falta de bolsillos.

—¡Y ninguna guerra en perspectiva! —dijo entonces el famoso J. T. Maston, rascándose su cráneo de goma elástica—. ¡Ni una nube en el horizonte, cuando tanto hay aún que hacer en la ciencia de la artillería! Yo, que os hablo en este momento, he terminado esta misma mañana un modelo de mortero, con su plano, su corte y su elevación, destinado a modificar profundamente las leyes de la guerra.

—¿De veras? —replicó Tom Hunter, pensando involuntariamente en el último ensayo del respetable J. T. Maston.

—De veras —respondió este—. Pero, ¿de qué sirven tantos estudios concluidos y tantas dificultades vencidas? Nuestros trabajos son inútiles. Los pueblos del nuevo mundo se han empeñado en vivir en paz, y nuestra belicosa *Tribuna*[4] pronostica catástrofes debidas al aumento incesante de las poblaciones.

—Sin embargo, Maston —respondió el coronel Blomsberry—, en Europa siguen batiéndose para sostener el principio de las nacionalidades.

—¿Y qué?

—¡Y qué! Podríamos allí intentar algo, y si se aceptasen nuestros servicios...

—¿Qué osáis proponer? —exclamó Bilsby—. ¡Cultivar la balística en provecho de los extranjeros!

—Es preferible a no hacer nada —respondió el coronel.

—Sin duda —dijo J. T. Maston— es preferible, pero ni siquiera nos queda tan pobre recurso.

—¿Y por qué? —preguntó el coronel.

—Porque en el viejo mundo se profesan sobre los ascensos ideas que contrarían todas nuestras costumbres americanas. Los europeos no comprenden que pueda llegar a ser general en jefe quien no ha sido antes subteniente, lo que equivale a decir que no puede ser buen artillero el que por sí mismo no ha fundido el cañón, lo que me parece...

—¡Absurdo! —replicó Tom Hunter destrozando con su *bowie-knife*[5] los brazos de la butaca en que estaba sentado—. Y en el extremo a que han llegado las cosas no nos queda ya más recurso que plantar tabaco y destilar aceite de ballena.

—¡Cómo! —exclamó J. T. Maston con voz atronadora—. ¿No dedicaremos los últimos años de nuestra existencia al perfeccionamiento de las armas de fuego? ¿No ha de presentarse una nueva ocasión de ensayar el alcance de nuestros proyectiles? ¿Nunca más el fogonazo de nuestros cañones iluminará la atmósfera? ¿No sobrevendrá una complicación internacional que nos permita declarar la guerra a alguna potencia transatlántica? ¿No echarán los franceses a pique ni uno sólo de nuestros vapores, ni ahorcarán los ingleses, con menosprecio del derecho de gentes, tres o cuatro de nuestros compatriotas?

[4] El más fogoso periódico abolicionista de la Unión. *(N. del T.)*

[5] Cuchillo de bolsillo, de ancha hoja. *(N. del T.)*

—¡No, Maston —respondió el coronel Blomsberry—, no tendremos tanta dicha! ¡No se producirá ni uno sólo de los incidentes que tanta falta nos hacen; y aunque se produjesen, no sacaríamos de ellos ningún partido! ¡La susceptibilidad americana va desapareciendo, y vegetamos en la molicie!

—¡Sí, nos humillamos! —replicó Bilsby.

—¡Se nos humilla! —respondió Tom Hunter.

—¡Y tanto! —replicó J. T. Maston con mayor vehemencia—. ¡Sobran razones para batirnos, y no nos batimos! Se economizan piernas y brazos en provecho de gentes que no saben qué hacer de ellos. Sin ir muy lejos, se encuentra un motivo de guerra. Decid, ¿la América del Norte no perteneció en otro tiempo a los ingleses?

—Sin duda —respondió Tom Hunter, dejando con rabia quemarse en la chimenea el extremo de su muleta.

—¡Pues bien! —repuso J. T. Maston—. ¿Por qué Inglaterra, a su vez, no ha de pertenecer a los americanos?

—Sería muy justo —respondió el coronel Blomsberry.

—Id con vuestra proposición al presidente de los Estados Unidos —exclamó J. T. Maston— y veréis cómo la acoge.

—La acogerá mal —murmuró Bilsby entre los cuatro dientes que había salvado de la batalla.

—No seré yo —exclamó J. T. Maston— quien le dé el voto en las próximas elecciones.

—Ni yo —exclamaron de acuerdo todos aquellos belicosos inválidos.

—Entretanto, y para concluir —repuso J. T. Maston—, si no se me proporciona ocasión de ensayar mi nuevo mortero sobre un verdadero campo de batalla, presentaré mi dimisión de miembro del *Gun-Club,* y me sepultaré en las soledades de Arkansas.

—Donde os seguiremos todos —respondieron los interlocutores del audaz J. T. Maston.

Tal era el estado de cosas. La exasperación de los ánimos iba en progresivo aumento, y el club se hallaba amenazado de una próxima disolución, cuando sobrevino un acontecimiento inesperado que impidió tan sensible catástrofe.

Al día siguiente de la acalorada conversación de que acabamos de dar cuenta, todos los miembros de la sociedad recibieron una circular concebida en los siguientes términos:

«Baltimore, 3 de octubre.

El presidente del *Gun-Club* tiene la honra de prevenir a sus colegas que en la sesión del 5 del corriente les dirigirá una comunicación de la mayor importancia, por lo que les suplica que, cualesquiera que sean sus ocupaciones, acudan a la cita que les da por la presente.

Su afectísimo colega,
IMPEY BARBICANE, P.G.G.».

CAPÍTULO II

Comunicación del presidente Barbicane

El 5 de octubre, a las ocho de la noche, una multitud compacta se apiñaba en los salones del *Gun-Club,* 21, Union Square. Todos los miembros de la sociedad residentes en Baltimore habían acudido a la cita de su presidente.

En cuanto a los socios correspondientes, los trenes los depositaban a centenares en las estaciones de la ciudad, sin que por mucha que fuese la capacidad del salón de sesiones, cupiesen en ella todos. Así es que aquel concurso de sabios refluía en las salas próximas, en los corredores y hasta en los vestíbulos exteriores, donde se condensaba un gentío inmenso que deseaba con ansia conocer la importante comunicación del presidente Barbicane. Los unos empujaban a los otros, y mutuamente se atropellaban y aplastaban con esa libertad de acción característica de los pueblos educados en las ideas democráticas.

Un extranjero que se hubiese hallado aquella noche en Baltimore no hubiera conseguido a fuerza de oro penetrar en el gran salón, exclusivamente reservado a los miembros residentes o correspondientes, sin que nadie más pudiera ocupar en él puesto alguno; así es que los notables de la ciudad, los magistrados del consejo y la gente selecta habían tenido que mezclarse con la turba de sus administrados para coger al vuelo las noticias del interior.

La inmensa sala ofrecía a las miradas un curioso espectáculo. Aquel vasto local estaba maravillosamente adecuado a su destino. Altas columnas, formadas de cañones sobrepuestos que tenían por pedestal grandes morteros, sostenían la esbelta armazón de la bóveda, verdadero encaje de hierro fundido admirablemente recortado. Panoplias de trabucos, retacos, arcabuces, carabinas y de todas las armas de fuego antiguas y modernas cubrían las paredes entrelazándose de una manera pintoresca. La llama del gas brotaba profusamente de un millar de revólveres dispuestos en forma de lámparas, completando tan espléndido alumbrado arañas de pistolas y candelabros formados de fusiles artísticamente reunidos. Los modelos de cañones, las muestras de bronce, los blancos acribillados a balazos, las planchas destruidas por el choque de las balas del *Gun-Club,* el surtido de baquetones y escobillones, los rosarios de bombas, los collares de proyectiles, las guirnaldas de granadas, en una palabra, todos los útiles del artillero fascinaban por su asombrosa disposición y hacían presumir que su verdadero destino era más decorativo que mortífero.

En el puesto de preferencia, detrás de una espléndida vidriera, se veía un pedazo de recámara rota y torcida por el efecto de la pólvora, preciosa reliquia del cañón de J. T. Maston.

El presidente, con dos secretarios a cada lado, ocupaba en uno de los extremos del salón un ancho espacio entarimado. Su sillón, levantado sobre una cureña laboriosamente tallada, afectaba en su conjunto las robustas formas de un mortero de treinta y dos pulgadas, apuntando en ángulo de noventa grados, y estaba suspendido de dos quicios que permitían al presidente columpiarse como en una mecedora, que tan cómoda es en verano para dormir la siesta. Sobre la mesa, que era una gran plancha de hierro sostenida por seis obuses, se veía un tintero de exquisito gusto, hecho de una bala de cañón admirablemente cincelada, y un timbre que se disparaba estrepitosamente como un revólver. Durante las discusiones acaloradas, esta campanilla de nuevo género bastaba apenas a dominar la voz de aquella legión de artilleros sobreexcitados.

Delante de la mesa presidencial, los bancos, colocados de modo que formaban eses como las circunvalaciones de una trinchera, constituían una serie de parapetos del *Gun-Club,* y bien puede decirse que aquella noche había gente hasta en las trincheras. El presidente era bastante conocido para que nadie pudiese ignorar que no hubiera molestado a sus colegas sin un motivo sumamente grave.

Impey Barbicane era un hombre de unos cuarenta años, sereno, frío, austero, de un carácter esencialmente formal y reconcentrado; exacto como un cronómetro, de un temperamento a toda prueba, de una resolución inquebrantable. Poco caballeresco, aunque aventurero, siempre resuelto a trasladar del campo de la especulación al de la práctica las más temerarias empresas, era el hombre por excelencia de la Nueva Inglaterra, el nordista colonizador, el descendiente de aquellas Cabezas Redondas tan funestas a los Estuardos, y el implacable enemigo de los aristócratas del sur, de los antiguos caballeros de la madre patria. Barbicane, en una palabra, era lo que podría calificarse como un yanqui completo.

Había hecho, comerciando con maderas, una fortuna considerable. Nombrado director de artillería durante la guerra, se manifestó fecundo en invenciones, audaz en ideas, y contribuyó poderosamente a los progresos del arma, dando a las investigaciones experimentales un incomparable desarrollo.

Era un personaje de mediana estatura, que por una rara excepción en el *Gun-Club,* tenía ilesos todos los miembros. Sus facciones, acentuadas, parecían trazadas con carbón y tiralíneas, y si es cierto que para adivinar los instintos de un hombre se le debe mirar de perfil, Barbicane, mirado así, ofrecía los más seguros indicios de energía, audacia y sangre fría.

En aquel momento permanecía inmóvil en su sillón, mudo, meditabundo, con una mirada honda, medio tapada la cara por un enorme sombrero, cilindro de seda negra que parece hecho a propósito exclusivamente para los cráneos americanos.

A su alrededor, sus colegas conversaban estrepitosamente sin distraerle. Se interrogaban, recorrían el campo de las suposiciones, examinaban a su presidente, y procuraban, aunque en vano, despejar la incógnita de su imperturbable fisonomía.

Al dar las ocho en el reloj fulminante del gran salón, Barbicane, como impelido por un resorte, se levantó de pronto. Reinó un silencio general, y el orador, con bastante énfasis, tomó la palabra en los siguientes términos:

—Denodados colegas: mucho tiempo ha transcurrido ya desde que una paz infecunda condenó a los miembros del *Gun-Club* a una ociosidad lamentable. Después de un período de algunos años, tan lleno de incidentes, tuvimos que abandonar nuestros trabajos y detenernos en la senda del progreso. Lo proclamo sin miedo y en voz alta: toda guerra que nos obligase a empuñar de nuevo las armas sería acogida con un entusiasmo frenético.

—¡Sí, la guerra! —exclamó el impetuoso J. T. Maston.

—¡Atención! —gritaron por todos lados.

—Pero la guerra —dijo Barbicane— es imposible en las actuales circunstancias, y aunque otra cosa desee mi distinguido colega, muchos años pasarán aún antes de que nuestros cañones vuelvan al campo de batalla. Es, pues, preciso tomar una resolución y buscar en otro orden de ideas una salida al afán de actividad que nos devora.

La asamblea redobló su atención, comprendiendo que su presidente iba a abordar el punto delicado.

—Hace algunos meses, ilustres colegas —prosiguió Barbicane—, que me pregunté si, sin separarnos de nuestra especialidad, podríamos acometer alguna grande empresa digna del siglo XIX, y si los progresos de la balística nos permitirán salir airosos de nuestro empeño. He, pues, buscado, trabajado, calculado, y ha resultado de mis estudios la convicción de que el éxito coronará nuestros esfuerzos, encaminados a la realización de un plan que en cualquier otro país sería imposible. Este proyecto, prolijamente elaborado, va a ser el objeto de mi comunicación. Es un proyecto digno de vosotros, digno del pasado del *Gun-Club,* y que producirá necesariamente mucho ruido en el mundo.

—¿Mucho ruido? —preguntó un artillero apasionado.

—Mucho ruido en la verdadera acepción de la palabra —respondió Barbicane.

—¡No interrumpáis! —repitieron al unísono muchas voces.

—Os suplico, pues, dignos colegas —repuso el presidente—, que me otorguéis toda vuestra atención.

Un estremecimiento circuló por la asamblea. Barbicane, sujetando con un movimiento rápido su sombrero en la cabeza, continuó su discurso con voz tranquila.

—No hay ninguno entre vosotros, beneméritos colegas, que no haya visto la Luna, o que, por lo menos, no haya oído hablar de ella. No os asombréis si vengo aquí a hablaros del astro de la noche. Acaso nos esté reservada la gloria de ser los colonos de ese mundo desconocido. Comprendedme, apoyadme con todo vuestro poder, y os conduciré a su conquista, y su nombre se unirá a los de los treinta y seis Estados que forman este gran país de la Unión[6].

---

[6] Número de los que entonces formaban los Estados Unidos de América del Norte. *(N. del T.)*

—¡Viva la Luna! —exclamó el *Gun-Club* confundiendo en una sola todas sus voces.

—Mucho se ha estudiado la Luna —repuso Barbicane—; su masa, su densidad, su peso, su volumen, su constitución, sus movimientos, su distancia, el papel que en el mundo solar representa están perfectamente determinados; se han formado mapas selenográficos con una perfección igual y tal vez superior a la de las cartas terrestres, habiendo la fotografía sacado de nuestro satélite pruebas de una belleza incomparable. En una palabra, se sabe de la Luna todo lo que las ciencias matemáticas, la astronomía, la geología y la óptica pueden saber; pero hasta ahora no se ha establecido comunicación directa con ella.

Un vivo movimiento de interés y de sorpresa acogió esta frase del orador.

—Permitidme —prosiguió— recordaros, en pocas palabras, de qué manera ciertas cabezas calientes, embarcándose para viajes imaginarios, pretendieron haber penetrado los secretos de nuestro satélite. En el siglo XVII, un tal David Fabricius se vanaglorió de haber visto con sus propios ojos habitantes en la Luna. En 1649, un francés llamado Jean Baudoin, publicó el *Viaje hecho al mundo de la Luna por Domingo González, aventurero español.* En la misma época, Cyrano de Bergerac publicó la célebre expedición que tanto éxito obtuvo en Francia. Más adelante, otro francés (los franceses se ocupan mucho de la Luna), llamado Fontenelle, escribió la *Pluralidad de los mundos,* obra maestra en su tiempo, pero la ciencia avanzando destruye hasta las obras maestras. Hacia 1835, un opúsculo traducido del *New York American* nos dijo que sir John Herschell, enviado al cabo de Buena Esperanza para ciertos estudios astronómicos, consiguió, empleando al efecto un telescopio perfeccionado por una iluminación interior, acercar la Luna a una distancia de ochenta yardas[7]. Entonces percibió distintamente cavernas en que vivían hipopótamos, verdes montañas veteadas de oro, carneros con cuernos de marfil, corzos blancos y habitantes con alas membranosas como las del murciélago. Aquel folleto, obra de un americano llamado Locke, alcanzó un éxito prodigioso. Pero luego se recono-

---

[7] La yarda equivale a 0,91 metros. *(N. del T.)*

ció que todo era una superchería de la que fueron los franceses los primeros en reírse.

—¡Reírse de un americano! —exclamó J. T. Maston—. ¡He aquí un *casus belli!*

—Tranquilizaos, mi digno amigo; los franceses, antes de reírse de nuestro compatriota, cayeron en el lazo que él les tendió haciéndoles comulgar con ruedas de molino. Para terminar esta rápida historia, añadiré que un tal Hans Pfaal, de Rotterdam, ascendiendo en un globo lleno de un gas extraído del ázoe, treinta y siete veces más ligero que el hidrógeno, alcanzó la Luna después de un viaje aéreo de diecinueve días. Aquel viaje, lo mismo que las precedentes tentativas, era simplemente imaginario, y fue obra de un escritor popular de América, de un ingenio extraño y contemplativo, de Edgard Poe.

—¡Viva Edgard Poe! —exclamó la asamblea, electrizada por las palabras de su presidente.

—Nada más digo —repuso Barbicane— de esas tentativas que llamaré puramente literarias, de todo punto insuficientes para establecer relaciones formales con el astro de la noche. Debo, sin embargo, añadir que algunos caracteres prácticos trataron de ponerse en comunicación con él, y así es que, años atrás, un geómetra alemán propuso enviar una comisión de sabios a los páramos de Siberia. Allí, en aquellas vastas llanuras, se debían trazar inmensas figuras geométricas, dibujadas por medio de reflectores luminosos, entre otras el cuadrado de la hipotenusa, llamado vulgarmente en Francia el *puente de los asnos*. «Todo ser inteligente —decía el geómetra— debe comprender el destino científico de esta figura. Los *selenitas,* si existen, responderán con una figura semejante, y una vez establecida la comunicación, fácil será crear un alfabeto que permita conversar con los habitantes de la Luna». Así hablaba el geómetra alemán, pero no se ejecutó su proyecto, y hasta ahora no existe lazo alguno directo entre la Tierra y su satélite. Pero está reservado al genio práctico de los americanos ponerse en relación con el mundo sideral. El medio de llegar a tan importante resultado es sencillo, fácil, seguro, infalible, y va a ser el objeto de mi proposición.

Un gran runrún, una tempestad de exclamaciones acogió estas palabras. No hubo entre los asistentes uno sólo que no se sintiera dominado, arrastrado, arrebatado por las palabras del orador.

—¡Atención! ¡Atención! ¡Silencio! —gritaron por todas partes.

Calmada la agitación, Barbicane prosiguió con una voz más grave su interrumpido discurso.

—Ya sabéis —dijo— cuántos progresos ha hecho la balística de algunos años a esta parte y a qué grado de perfección hubieran llegado las armas de fuego, si la guerra hubiese continuado. No ignoráis tampoco que, de una manera general, la fuerza de resistencia de los cañones y el poder expansivo de la pólvora son ilimitados. Pues bien, partiendo de este principio, me he preguntado a mí mismo si, por medio de un aparato suficiente, establecido en condiciones determinadas de resistencia, sería posible enviar una bala a la Luna.

A estas palabras, un grito de asombro se escapó de mil pechos anhelantes, y hubo luego un momento de silencio, parecido a la profunda calma que precede a las grandes tronadas. Y en efecto, hubo tronada, pero una tronada de aplausos, de gritos, de clamores que hicieron retemblar el salón de sesiones. El presidente quería hablar y no podía. No consiguió hacerse oír hasta pasados diez minutos.

—Dejadme concluir —repuso tranquilamente—. He examinado la cuestión bajo todos sus aspectos, la he abordado resueltamente, y de mis cálculos indiscutibles resulta que todo proyectil dotado de una velocidad inicial de doce mil yardas[8] por segundo, y dirigido hacia la Luna, llegará necesariamente a ella. Tengo, pues, distinguidos y bravos colegas, el honor de proponeros que intentemos este pequeño experimento.

---

[8] Unos diez mil metros. *(N. del T.)*

CAPÍTULO III

Efectos de la comunicación de Barbicane

Es imposible describir el efecto producido por las últimas palabras del ilustre presidente. ¡Qué gritos! ¡Qué vociferaciones! ¡Qué sucesión de vítores, de hurras, de *¡hip, hip!* y de todas las onomatopeyas con que el entusiasmo condimenta la lengua americana! Aquello era un desorden, una barahúnda indescriptible. Las bocas gritaban, las manos palmoteaban, los pies sacudían el entarimado de los salones. Todas las armas de aquel museo de artillería, disparadas a la vez, no hubieran agitado con más violencia las ondas sonoras. No es extraño. Hay artilleros casi tan retumbantes como sus cañones.

Barbicane permanecía tranquilo en medio de aquellos clamores entusiastas. Sin duda quería dirigir aún algunas palabras a sus colegas, pues sus gestos reclamaron silencio y su timbre fulminante se extenuó a fuerza de detonaciones. Ni siquiera se oyó. Luego le arrancaron de su asiento, le llevaron en triunfo, y pasó de las manos de sus fieles camaradas a los brazos de una muchedumbre no menos enardecida.

No hay nada que asombre a un americano. Se ha repetido con frecuencia que la palabra *imposible* no es francesa: los que tal han dicho han tomado un diccionario por otro. En América todo es fácil, todo es sencillo, y en cuanto a dificultades mecánicas, todas mueren antes de nacer. Entre el proyecto de Barbicane y su realización, no podía haber un verdadero yanqui que se permitiese entrever la apariencia de una dificultad. Cosa dicha, cosa hecha.

El paseo triunfal del presidente se prolongó hasta muy entrada la noche. Fue una verdadera marcha a la luz de innumerables antorchas. Irlandeses, alemanes, franceses, escoceses, todos los individuos heterogéneos de que se compone la población de Maryland gritaban en su lengua materna, y los vítores, los hurras y los bravos se mezclaban en un confuso e inenarrable estrépito.

Precisamente la Luna, como si hubiese comprendido que era de ella de quien se trataba, brillaba entonces con serena magnificencia, eclipsando con su intensa irradiación las luces circundantes. Todos los yanquis dirigían sus miradas a su centelleante disco. Algunos la saludaron con la mano, otros la llamaban con los dictados más halagüeños; estos la medían con la mirada, aquellos la amenazaban con el puño, y en las cuatro horas que median entre las ocho y las doce de la noche, un óptico de Jones Fall labró su fortuna vendiendo anteojos. El astro de la noche era mirado con tanta avidez como una hermosa *lady* de alto copete. Los americanos hablaban de él como si fuesen sus propietarios. Hubiérase dicho que la casta Diana pertenecía ya a aquellos audaces conquistadores y formaba parte del territorio de la Unión. Y sin embargo, no se trataba más que de enviarle un proyectil, manera bastante brutal de entrar en relaciones, aunque sea con un satélite, pero muy en boga en las naciones civilizadas.

Acababan de dar las doce, y el entusiasmo no se apagaba. Seguía siendo igual en todas las clases de la población; el magistrado, el sabio, el hombre de negocios, el mercader, el mozo de cuerda, las personas inteligentes y las gentes incultas se sentían heridas en la fibra más delicada. Tratábase de una empresa nacional. La ciudad alta, la ciudad baja, los muelles bañados por las aguas del Patapsco, los buques anclados no podían contener la multitud, ebria de alegría, y también de ginebra y de whisky. Todos hablaban, peroraban, discutían, aprobaban, aplaudían, lo mismo los ricos arrellanados muellemente en el sofá de los *barroms*[9] delante de su copa de *sherry cobbler*[10], que el *waterman*[11] que se emborrachaba con el *quebrantapechos*[12] en las tenebrosas tabernas del Fells Point.

Sin embargo, a cosa de las dos la conmoción se calmó. El presidente Barbicane pudo volver a su casa, estropeado, quebrantado, molido. Un hércules no hubiera resistido un entusiasmo semejante. La multitud abandonó poco a poco plazas y calles. Los cuatro trenes de Ohio, de Susquehanna, de Filadelfia y de Washington, que con-

[9] Locales semejantes a los cafés. *(N. del T.)*

[10] Mezcla de ron, zumo de naranja, azúcar, canela y nuez moscada. Esta bebida, de color amarillo, se sorbe por medio de un tubito de vidrio. *(N. del T.)*

[11] Marinero. *(N. del T.)*

[12] Bebida muy fuerte, que suele tomar el vulgo. *(N. del T.)*

vergen en Baltimore, arrojaron al público heterogéneo a los cuatro puntos cardinales de los Estados Unidos, y la ciudad adquirió una tranquilidad relativa.

Se equivocaría el que creyese que durante aquella memorable noche quedó la agitación circunscrita dentro de Baltimore. Las grandes ciudades de la Unión, Nueva York, Boston, Albany, Washington, Richmond, Crescent City[13], Charleston, Mobile, desde Tejas a Massachussetts, desde Michigan a Florida, participaron todas del delirio. Los treinta mil socios correspondientes del *Gun-Club* conocían la carta de su presidente y aguardaban con igual impaciencia la famosa comunicación del 5 de octubre. Aquella misma noche, las palabras del orador, a medida que salían de sus labios, corrían por los hilos telegráficos que atraviesan en todos sentidos los Estados de la Unión, con una velocidad de 248 447 millas por segundo. Podemos, pues, decir con una exactitud absoluta, que los Estados Unidos de América, diez veces mayores que Francia, lanzaron en el mismo instante un solo hurra, y que veinticinco millones de corazones, henchidos de orgullo, palpitaron con un solo latido.

Al día siguiente, mil quinientos periódicos diarios, hebdomadarios, bimensuales o mensuales, se apoderaron de la cuestión, y la examinaron bajo sus diferentes aspectos físicos, meteorológicos, económicos y morales, y hasta bajo el punto de vista de la preponderancia política y de su influencia civilizadora. Algunos se preguntaron si la Luna era un mundo extinguido, y si no experimentaría ya ninguna transformación. ¿Se parecía a la Tierra durante los tiempos en que no había aún atmósfera? ¿Qué espectáculo presentaría al hacerse visible la faz que desconoce el esferoide terrestre?

Aunque no se tratara más que de enviar una bala al astro de la noche, todos veían en este hecho el punto de partida de una serie de experimentos; todos esperaban que América descubriría los últimos secretos de aquel disco misterioso, y algunos hablaban ya de las sensibles perturbaciones que acarrearía su conquista al equilibrio europeo.

Discutido el proyecto, no hubo un solo periódico que pusiese su realización en duda. Las colecciones, los folletos, las gacetas,

---

[13] Sobrenombre de Nueva Orleans. *(N. del T.)*

los boletines publicados por las sociedades científicas, literarias o religiosas hicieron resaltar sus ventajas, y la Sociedad de Historia Natural de Boston, la Sociedad Americana de Ciencias y Artes de Albany, y la Sociedad de Geografía y Estadística de Nueva York, la Sociedad Filosófica Americana de Filadelfia, el Instituto Sunthosontana de Washington, enviaron mil cartas de felicitación al *Gun-Club,* con ofrecimientos inmediatos de apoyo y dinero.

Nunca proposición alguna había obtenido tan numerosas adhesiones. No hubo ninguna inquietud, ninguna vacilación, ninguna duda. En cuanto a las chanzonetas, a las caricaturas, a las canciones burlescas que hubieran acogido en Europa, y particularmente en Francia, la idea de enviar un proyectil a la Luna, hubiera desacreditado al que los hubiese permitido, y todos los *life preservers*[14] del mundo hubieran sido impotentes para librarse de la indignación general. Hay cosas de las que nadie suele reírse en el Nuevo Mundo.

Impey Barbicane fue desde aquel día uno de los más grandes ciudadanos de los Estados Unidos, algo como si dijéramos el Washington de la ciencia, y un rasgo de los muchos que pudiéramos citar bastará para demostrar a qué extremo llegó la idolatría que a todo un pueblo merecía un hombre.

Algunos días después de la famosa sesión del *Gun-Club,* el director de una compañía inglesa de cómicos anunció en el teatro de Baltimore la representación de *Much ado about nothing*[15]. Pero la población de la ciudad, viendo en este título una alusión malévola a los proyectos del presidente Barbicane, invadió el teatro, hizo pedazos los asientos y obligó a variar su cartel al desgraciado director, el cual, hombre sagaz, inclinándose ante la voluntad pública, remplazó la malhadada comedia por la titulada *As you like it*[16], que durante muchas semanas le valió un lleno completo.

---

[14] Arma de bolsillo que se compone de una ballena flexible y una bala de metal. *(N. del T.)*

[15] *Mucho ruido para nada,* comedia de Shakespeare. *(N. del T.)*

[16] *Como gustéis,* obra del mismo autor. *(N. del T.)*

CAPÍTULO IV

Respuesta del observatorio de Cambridge

Sin embargo, Barbicane no perdió un solo instante en medio de las ovaciones de que era objeto. Lo primero que hizo fue reunir a sus colegas en el salón de conferencias del *Gun-Club,* donde después de una concienzuda discusión, se convino en consultar a los astrónomos sobre la parte astronómica de la empresa. Conocida la respuesta, se debían discutir los medios mecánicos, no descuidando ni lo más insignificante para asegurar el buen éxito de tan gran experimento.

Se redactó, pues, y se dirigió al observatorio de Cambridge, en Massachusetts, una nota muy precisa que contenía preguntas especiales. La ciudad de Cambridge, donde se fundó la primera Universidad de los Estados Unidos, es justamente célebre por su observatorio astronómico. Allí se encuentran reunidos sabios del mayor mérito, y allí funciona el poderoso anteojo que permitió a Bond resolver que la nebulosa de Andrómeda estaba formada por estrellas, y a Clarke descubrir el satélite de Sirio. Aquel establecimiento célebre tenía, por consiguiente, adquiridos muchos títulos honrosos que justificaban la consulta del *Gun-Club*.

Dos días después, la respuesta, tan impacientemente esperada, llegó a manos del presidente Barbicane. Estaba concebida en los siguientes términos:

«El director del observatorio de Cambridge al presidente del Gun-Club *en Baltimore*

Cambridge, 7 de octubre.

Al recibir vuestra carta del 6 del corriente, dirigida al observatorio de Cambridge en nombre de los miembros del *Gun-Club* de Baltimore, nuestra junta directiva se ha reunido en el acto y ha resuelto responder lo que sigue:

Las preguntas que se le dirigen son:

1.ª ¿Es posible enviar un proyectil a la Luna?
2.ª ¿Cuál es la distancia exacta que separa a la Tierra de su satélite?
3.ª ¿Cuál será la duración del viaje del proyectil, dándole una velocidad inicial suficiente y, por consiguiente, en qué momento preciso se deberá disparar para que encuentre a la Luna en un punto determinado?
4.ª ¿En qué momento preciso se presentará la Luna en la posición más favorable para que el proyectil la alcance?
5.ª ¿A qué punto del cielo se deberá apuntar el cañón destinado a disparar el proyectil?
6.ª ¿Qué sitio ocupará la Luna en el cielo en el momento de disparar el proyectil?

Respuesta a la primera pregunta: ¿Es posible enviar un proyectil a la Luna?

Sí, es posible enviar un proyectil a la Luna, si se llega a dar a este proyectil una velocidad inicial de doce mil yardas por segundo. El cálculo demuestra que esta velocidad es suficiente. A medida que se aleja de la tierra, la acción del peso disminuirá en razón inversa del cuadrado de las distancias, es decir, que para una distancia tres veces mayor esta acción será nueve veces menor. En consecuencia, el peso de la bala disminuirá rápidamente, y se anulará completamente en el momento de quedar equilibrada la atracción de la Luna con la de la Tierra, es decir, a los 47/58 del trayecto. En aquel momento el proyectil no tendrá peso alguno, y, si salva aquel punto, caerá sobre la Luna por el sólo efecto de la atracción lunar. La posibilidad teórica del experimento queda, pues, absolutamente demostrada, dependiendo únicamente su éxito de la potencia de la máquina empleada.

Respuesta a la segunda pregunta: ¿Cuál es la distancia exacta que separa a la Tierra de su satélite?

La Luna no describe alrededor de la Tierra una circunferencia, sino una elipse, de la cual nuestro globo ocupa uno de los focos, y por consiguiente la Luna se encuentra a veces más cerca y a veces más lejos de la Tierra, o, hablando en términos técnicos, a veces en su apogeo y a veces en su perigeo. La diferencia en el espacio entre su mayor y menor distancia es bastante considerable para que se la deba tener en cuenta. La Luna en su apogeo se halla a 247 552 millas (99 640 leguas de cuatro kilómetros), y en su perigeo, a 218 895 millas (88 010 leguas), lo que da una diferencia de 28 657 millas (11 630 leguas), que son más de una novena parte del trayecto que el proyectil ha de recorrer. La distancia perigea de la Luna es, pues, la que debe servir de base a los cálculos.

Respuesta a la tercera pregunta: ¿Cuál será la duración del viaje del proyectil, dándole una velocidad inicial suficiente y, por consiguiente, en qué momento preciso se deberá disparar para que encuentre a la Luna en un punto determinado?

Si la bala conservase indefinidamente la velocidad inicial de doce mil yardas por segundo que le hubiesen dado al partir, no tardaría más que unas nueve horas en llegar a su destino; pero, como esta velocidad inicial va continuamente disminuyendo, resulta, por un cálculo riguroso, que el proyectil tardará trescientos mil segundos, o sea ochenta y tres horas y veinte minutos en alcanzar el punto en que se hallen equilibradas las atracciones terrestre y lunar, y desde dicho punto caerá sobre la Luna en cincuenta mil segundos, o sea trece horas, cincuenta y tres minutos y veinte segundos. Convendrá, pues, dispararlo noventa y siete horas, trece minutos y veinte segundos antes de la llegada de la Luna al punto a que se haya dirigido la puntería.

Respuesta a la cuarta pregunta: ¿En qué momento preciso se presentará la Luna en la posición más favorable para que el proyectil la alcance?

Después de lo que se ha dicho, es evidente que debe escogerse la época en que se halle la Luna en su perigeo, y al mismo tiempo el momento en que pase por el cenit, lo que disminuirá el trayecto en una distancia igual al radio terrestre o sea 3919 millas, de suerte que el trayecto definitivo será de 214 966 millas (86 410 leguas). Pero si bien la Luna pasa todos los meses por su perigeo, no siempre en aquel momento se encuentra en su cenit. No se presenta en estas dos condiciones sino a muy largos intervalos. Será, pues, preciso aguardar la coincidencia del paso al perigeo y al cenit. Por una feliz circunstancia, el 4 de diciembre del año próximo la Luna ofrecerá estas dos condiciones: a las doce de la noche se hallará en su perigeo, es decir, a la menor distancia de la Tierra, y, al mismo tiempo, pasará por el cenit.

Respuesta a la quinta pregunta: ¿A qué punto del cielo se deberá apuntar el cañón destinado a el proyectil?

Admitidas las precedentes observaciones, el cañón deberá apuntarse al cenit[17] del lugar en que se haga el experimento, de suerte que el tiro sea perpendicular al plano del horizonte, y así el proyectil se librará más pronto de los efectos de la atracción terrestre. Pero para que la Luna suba al cenit de un sitio, preciso es que la latitud de este sitio no sea más alta que la declinación del astro, o, en otros términos, que el sitio no se halle comprendido entre 0° y 28° de latitud Norte o Sur[18]. En cualquier otro punto, el tiro tendría que ser necesariamente oblicuo, lo que contraría el buen resultado del experimento.

Respuesta a la sexta pregunta: ¿Qué sitio ocupará la Luna en el cielo en el momento de disparar el proyectil?

En el acto de lanzar la bala al espacio, la Luna, que avanza diariamente 13° 10' y 35", deberá encontrarse alejada del punto cenital cuatro veces esta distancia, o sea 52° 42' y 20", espacio que corresponde al camino que ella hará mientras dure el avance del proyectil. Pero como es preciso tener también en cuenta el desvío que hará sufrir a la bala el movimiento de rotación de la Tierra, y como la bala no llegará a la Luna sino después de haber sufrido una desviación igual a dieciséis radios terrestres, los cuales, contados en la órbita de la Luna, son unos 11°, se deben estos añadir a los que expresan el retraso de la Luna, ya mencionado, o sea, 64°. Así, pues, en el momento del tiro, el rayo visual dirigido a la Luna formará con la vertical del sitio del experimento un ángulo de 64°.

Tales son las respuestas que da el observatorio de Cambridge a las preguntas de los miembros del *Gun-Club.*

En resumen:

1.ª El cañón deberá colocarse en un país situado entre 0° y 28° de latitud Norte o Sur.

2.ª Deberá apuntarse al cenit del sitio del experimento.

---

[17] El cenit es el punto del cielo situado verticalmente sobre la cabeza del observador. *(N. del T.)*

[18] No hay, en efecto, más que las regiones del globo comprendidas entre el Ecuador y los paralelos 28 en que la elevación de la Luna llega al cenit. Más allá de veintiocho grados, la Luna se acerca tanto menos al cenit cuanto más avanza hacia los polos. *(N. del T.)*

3.ª El proyectil deberá estar dotado de una velocidad inicial de 12 000 yardas por segundo.

4.ª Deberá dispararse el 1 de diciembre del año próximo a las once horas menos tres minutos y veinte segundos.

5.ª Encontrará a la Luna cuatro días después de su partida, el 4 de diciembre, a las doce de la noche en punto, en el momento de pasar por el cenit.

Los miembros del *Gun-Club* deben, por tanto, emprender sin pérdida de tiempo los trabajos que requiere su empresa y hallarse prontos a obrar en el momento determinado, pues, si dejan pasar el 4 de diciembre, no hallarán la Luna en las mismas condiciones del perigeo y de cenit hasta que hayan transcurrido dieciocho años y once días.

La junta directiva del observatorio de Cambridge se pone enteramente a disposición del *Gun-Club* para las cuestiones de astronomía teórica, y une por la presente sus felicitaciones a las de la América entera.

Por la junta:
J. M. BELFAST
Director del observatorio de Cambridge».

CAPÍTULO V

La novela de la Luna

Un observador dotado de una vista infinitamente penetrante y colocado en este centro desconocido a cuyo alrededor gravita el mundo, habría visto en la época caótica del universo miríadas de átomos que poblaban el espacio. Pero poco a poco, pasando siglos y siglos, se produjo una variación manifestándose una ley de atracción, a la cual subordinaron los átomos hasta entonces errantes. Aquellos átomos se combinaron químicamente según sus afinidades, se hicieron moléculas y formaron esas acumulaciones nebulosas de que están sembradas las profundidades del cielo.

Animó luego aquellas acumulaciones un movimiento de rotación alrededor de su punto central. Aquel centro formado de moléculas vagas, empezó a girar alrededor de sí mismo, condensándose progresivamente. Además, siguiendo leyes de mecánica inmutables, a medida que por la condensación disminuía su volumen, su movimiento de rotación se aceleró, de lo que resultó una estrella principal, centro de las acumulaciones nebulosas.

Mirando atentamente, el observador hubiera visto entonces las demás moléculas de la acumulación conducirse como la estrella central, condensarse de la misma manera por un movimiento de rotación bajo forma de innumerables estrellas. La nebulosa estaba formada. Los astrónomos cuentan actualmente cerca de cinco mil nebulosas.

Hay una entre ellas que los hombres han llamado la *Vía Láctea,* la cual contiene dieciocho millones de estrellas, siendo cada estrella el centro de un mundo solar.

Si el observador hubiese entonces examinado especialmente entre aquellos dieciocho millones de astros, uno de los más modestos y menos brillantes[19], una estrella de cuarto orden, la que llamamos orgullosamente el Sol, todos los fenómenos a que se debe la formación del universo se hubieran realizado sucesivamente a su vista.

---

[19] El diámetro de Sirio, según Wollaston, es doce veces mayor que el del Sol. *(N. del T.)*

Hubiera visto al Sol, en estado gaseoso aún y compuesto de moléculas movibles, girando alrededor de su eje para consumar su trabajo de concentración. Este movimiento, sometido a las leyes de la mecánica, se hubiese acelerado con la disminución de volumen, llegando un momento en que la fuerza centrífuga prevaleciese sobre la centrípeta, que tiende a impeler las moléculas hacia el centro.

Entonces, a la vista del observador se habría presentado otro fenómeno. Las moléculas situadas en el plano del ecuador, escapándose como la piedra de una honda que se rompe súbitamente, habrían ido a formar alrededor del Sol varios anillos concéntricos semejantes a los de Saturno. Aquellos anillos de materia cósmica, dotados a su vez de un movimiento de rotación alrededor de la masa central, se habrían roto y descompuesto en nebulosidades secundarias, es decir, en planetas.

Si el observador hubiese entonces concentrado en estos planetas toda su atención, los habría visto conducirse exactamente como el Sol y dar nacimiento a uno o más anillos cósmicos, origen de esos astros de orden inferior que se llaman satélites.

Así, pues, subiendo del átomo a la molécula, de la molécula a la acumulación, de la acumulación a la nebulosa, de la nebulosa a la estrella principal, de la estrella principal al Sol, del Sol al planeta y del planeta al satélite, tenemos toda la serie de las transformaciones experimentadas por los cuerpos celestes desde los primeros días del mundo.

El Sol parece perdido en las inmensidades del mundo estelar, y, sin embargo, según las teorías que actualmente privan en la ciencia, se había subordinado a la nebulosa de la Vía Láctea. Centro de un mundo, aunque tan pequeño parece en medio de las regiones etéreas, es, sin embargo, enorme, pues su volumen es un millón cuatrocientas mil veces mayor que el de la Tierra. A su alrededor gravitan ocho planetas, salidos de sus entrañas mismas en los primeros tiempos de la Creación. Estos planetas, enumerándolos por el orden de su proximidad, son: Mercurio, Venus, Tierra, Marte, Júpiter, Saturno, Urano y Neptuno. Además, entre Marte y Júpiter circulan regularmente otros cuerpos menos considerables, restos errantes tal vez de un astro hecho pedazos, de los cuales el telescopio ha reconocido ya ochenta y dos[20].

De estos servidores que el Sol mantiene en su órbita elíptica por la gran ley de la gravitación, algunos poseen también sus satélites. Urano tiene ocho; Saturno otros tantos; Júpiter, cuatro; Neptuno, tres; la Tierra, uno. Este último, uno de los menos importantes del mundo solar, se llama Luna, y es el que el genio audaz de los americanos pretendía conquistar.

El astro de la noche, por su proximidad relativa y el espectáculo rápidamente renovado de sus diversas fases, compartió con el Sol, desde los primeros días de la humanidad, la atención de los habitantes de la Tierra. Pero el Sol ofende los ojos al mirarlo, y los torrentes de luz que despide obligan a cerrarlos a los que los contemplan.

La plácida Febe, más humana, se deja ver complaciente en su modesta gracia; agrada a la vista, es poco ambiciosa y, sin embargo, se permite alguna vez eclipsar a su hermano, el radiante Apolo, sin ser nunca eclipsada por él. Los mahometanos, comprendiendo el reconocimiento que debían a esta fiel amiga de la Tierra, han tomado su revolución por regla de sus meses[21].

Los primeros pueblos tributaron un culto muy preferente a esta casta deidad. Los egipcios la llamaban Isis; los fenicios, Astarté; los griegos la adoraron bajo el nombre de Febe, hija de Latona y de Júpiter, y explicaban sus eclipses por las visitas misteriosas de Diana al bello Endimión. Según la leyenda mitológica, el león de Nemea recorrió los campos de la Luna antes de su aparición en la Tierra, y el poeta Agesianaz, citado por Plutarco, celebró en sus versos aquella amable boca, aquella nariz encantadora, aquellos dulces ojos, formados por las partes luminosas de la adorable Selene.

Pero si bien los antiguos comprendieron a las mil maravillas el carácter, el temperamento, en una palabra, las cualidades morales de la Luna bajo el punto de vista mitológico, los más sabios que había entre ellos permanecieron muy ignorantes en selenografía.

Sin embargo, algunos astrónomos de épocas remotas descubrieron ciertas particularidades confirmadas actualmente por la ciencia.

---

[20] Algunos de estos asteroides son tan pequeños que, a paso gimnástico, se podría dar una vuelta a su alrededor en un sólo día. *(N. del T.)*

[21] La revolución de la Luna dura unos veintisiete días y medio. *(N. del T.)*

Si bien los arcadios pretendieron haber habitado la Tierra en una época en que la Luna no existía aún, si bien Simplicio la creyó inmóvil y colgada de la bóveda de cristal, si bien Tasio la consideró como un fragmento desprendido del disco solar; si bien Clearco, el discípulo de Aristóteles, hizo de ella un bruñido espejo en que se reflejaban las imágenes del océano; si bien otros, en fin, no vieron en ella más que una acumulación de vapores exhalados por la Tierra o un globo medio fuego, medio hielo, que giraba alrededor de sí mismo; algunos sabios, por medio de observaciones sagaces a falta de instrumentos de óptica, sospecharon la mayor parte de las leyes que rigen al astro de la noche.

Tales de Mileto, seiscientos años antes de Jesucristo, emitió la opinión de que la Luna estaba iluminada por el Sol. Aristarco de Samos dio la verdadera explicación de sus fases. Cleómedes enseñó que brillaba con una luz refleja. El caldeo Beroso descubrió que la duración de su movimiento de rotación era igual a la de su movimiento de revolución, y así explicó cómo la Luna presenta siempre la misma faz. Por último, Hiparco, dos siglos antes de la era cristiana, reconoció algunas desigualdades en los movimientos aparentes del satélite de la Tierra.

Estas distintas observaciones se confirmaron después, y de ellas sacaron partido nuevos astrónomos. Tolomeo, en el siglo II, y el árabe Abul Wefa, en el siglo X, completaron las observaciones de Hiparco sobre las desigualdades que sufre la Luna siguiendo la línea tortuosa de su órbita, bajo la acción del Sol. Después, Copérnico, en el siglo XV, y Tycho Brahe, en el siglo XVI, expusieron completamente el sistema del mundo, y el papel que desempeña la Luna entre los cuerpos celestes.

Ya en aquella época, sus movimientos estaban casi determinados; pero de su constitución física se sabía muy poca cosa. Entonces fue cuando Galileo explicó los fenómenos de luz producidos en ciertas fases por la existencia de montañas, a las que dio una altura media de 4500 toesas.

Después Hevelius, un astrónomo de Dantzig, rebajó a 2600 toesas las mayores alturas, pero su compañero, Riccioli, las elevó a 7000.

A fines del siglo XVIII, Herschel, armado de un poderoso telescopio, redujo mucho las precedentes medidas. Dio 2900 toesas a las montañas más elevadas, y redujo por término medio las diferentes alturas a 400 toesas solamente. Pero Herschel se equivocaba también, y se necesitaron las observaciones de Schoeter, Louville, Halley, Nasmith, Bianchini, Pastori, Lohrman, Gruithysen y, sobre todo, los minuciosos estudios de Beer y de Moedler, para resolver la cuestión de una manera definitiva. Gracias a los mencionados sabios, la elevación de las montañas de la Luna se conoce en la actualidad perfectamente. Beer y Moedler han medido 1905 alturas, de las cuales seis pasan de 2600 toesas y veintidós pasan de 2400[22]. La más alta cima sobresale de la superficie del disco lunar 3801 toesas.

Al mismo tiempo, se completaba el reconocimiento del disco de la Luna, el cual aparecía acribillado de cráteres, confirmándose en todas las observaciones su naturaleza esencialmente volcánica. De la falta de refracción en los rayos de los planetas que ella oculta, se deduce que le falta casi absolutamente atmósfera. Esta carencia de aire supone falta de agua y, por consiguiente, los *selenitas,* para vivir en semejantes condiciones, deben tener una organización especial y diferenciarse singularmente de los habitantes de la Tierra.

Por último, gracias a nuevos métodos, instrumentos más perfeccionados registraron ávidamente la Luna, no dejando inexplorado ningún punto en su hemisferio, no obstante medir su diámetro 2150 millas[23] y ser su superficie igual a una treceava parte de la del globo[24], y su volumen una cuadragésima novena parte de la esfera terrestre; pero ninguno de estos secretos podía serlo eternamente para los sabios astrónomos, que llevaron más lejos aún sus prodigiosas observaciones.

Ellos notaron que, durante el plenilunio, el disco aparecía en ciertas partes surcado de líneas blancas, y durante las fases, marcado de líneas negras. Estudiando estas líneas con mayor precisión, llegaron a darse cuenta exacta de su naturaleza. Aquellas líneas eran surcos largos y estrechos, abiertos entre bordes paralelos que terminaban generalmente en las márgenes de los cráteres. Tenían una

---

22 La altura del Mont Blanc es de 4813 metros sobre el nivel del mar. *(N. del T.)*

23 3475 kilómetros, es decir, algo más de una cuarta parte del diámetro terrestre. *(N. del T.)*

24 Treinta y ocho millones de kilómetros cuadrados. *(N. del T.)*

longitud comprendida entre diez y cien millas, y una anchura de ochocientas toesas. Los astrónomos las llamaron «ranura», pero darles este nombre es todo lo que supieron hacer. En cuanto a averiguar si eran lechos secos de antiguos ríos, no pudieron resolverlo de una manera concluyente. Los americanos esperaban poder, un día u otro, determinar este hecho geológico. Se reservaban igualmente la gloria de reconocer aquella serie de parapetos paralelos, descubiertos en la superficie de la Luna por Gruithysen, sabio profesor de Múnich, que las consideró como un sistema de fortificaciones levantadas por los ingenieros *selenitas*. Estos dos puntos, aún oscuros, y otros sin duda, no podían aclararse definitivamente sino por medio de una comunicación directa con la Luna.

En cuanto a la intensidad de su luz, nada había que aprender, pues ya se sabía que es trescientas mil veces más débil que la del Sol, y que su calor no ejerce sobre los termómetros ninguna acción apreciable. Respecto del fenómeno conocido con el nombre de luz cenicienta, se explica naturalmente por el efecto de los rayos del Sol rechazados de la Tierra a la Luna, los cuales completan, al parecer, el disco lunar, cuando este se presenta en cuarto creciente o menguante.

Tal era el estado de los conocimientos adquiridos sobre el satélite de la Tierra, que el *Gun-Club* se propuso completar bajo todos los puntos de vista, tanto cosmográficos y geológicos como políticos y morales.

CAPÍTULO VI

Lo que no es posible dudar y lo que no es permitido creer en los Estados Unidos

La proposición de Barbicane había tenido por resultado inmediato el poner sobre el tapete todos los hechos astronómicos relativos al astro de la noche. Todos los ciudadanos de la Unión se dieron a estudiarlo asiduamente. Hubiérase dicho que la Luna aparecía por primera vez en el horizonte y que nadie hasta entonces la había entrevisto en el cielo. Se hizo de moda, era el alma de todas las conversaciones, sin menoscabo de su modestia. Y tomó sin envanecerse un puesto de preferencia entre los astros. Los periódicos reprodujeron las anécdotas añejas en que el *Sol de los lobos* figuraba como protagonista; recordaron las influencias que le atribuía la ignorancia de las primeras edades; la cantaron en todos los tonos, y poco le faltó para que citasen de ella algunas frases ingeniosas. La América entera se sintió acometida de selenomanía.

Las revistas científicas trataron más especialmente las cuestiones que se referían a la empresa del *Gun-Club,* y publicaron, comentándola y aprobándola sin reserva, la carta del observatorio de Cambridge.

A nadie, ni aun al más lego de los yanquis, le estaba permitido ignorar uno solo de los hechos relativos a su satélite, ni respecto del particular se hubiera tampoco tolerado que las personas de menos cacumen hubiesen admitido supersticiosos errores. La ciencia llegaba a todas partes bajo todas las formas imaginables; penetraba por los oídos, por los ojos, por los sentidos todos; en una palabra, era imposible ser un asno... en astronomía.

Hasta entonces la generalidad ignoraba cómo se había podido calcular la distancia que separa la Luna de la Tierra. Los sabios se aprovecharon de las circunstancias para enseñar hasta a los más negados que la distancia se obtenía midiendo el paralaje de la Luna. Y si la palabra paralaje les dejaba a oscuras, decían que paralaje es el ángulo formado por dos líneas rectas que parten a la Luna desde cada una de las extremidades del radio terrestre. Y si alguien dudaba de la perfección de este método, se le probaba inmediatamente que esta distancia media no sólo era de 234 347 millas (94 330 leguas), sino que los astrónomos no se equivocaban ni en 70 millas (30 leguas).

A los que no estaban familiarizados con los movimientos de la Luna, los periódicos les demostraban diariamente que la Luna posee dos movimientos distintos, el primero llamado de rotación alrededor de su eje, y el segundo llamado de revolución alrededor de la Tierra, verificándose los dos en igual período de tiempo, o sea en veintisiete días y un tercio[25].

El movimiento de rotación es el que crea el día y la noche en la superficie de la Luna, pero no hay más que un día ni más que una noche para cada mes lunar, dura cada uno trescientas cincuenta y cuatro horas y un tercio. Afortunadamente para ella, el hemisferio que mira al globo terrestre está alumbrado por este con una intensidad igual a la luz de catorce lunas. En cuanto al otro hemisferio, siempre invisible, tiene, como es natural, trescientas cincuenta y cuatro horas de una noche absoluta, algo atemperada por la pálida claridad que cae de las estrellas. Este fenómeno se debe únicamente a que los movimientos de rotación y revolución se verifican en un período de tiempo rigurosamente igual, fenómeno común, según Cassini y Hers, a los satélites de Júpiter y muy probablemente a todos los otros.

Algún individuo muy aplicado, pero algo duro de mollera, no comprendía fácilmente que si la Luna presentaba invariablemente la misma faz a la Tierra durante su revolución, fuese esto debido a que en el mismo período de tiempo describía una vuelta alrededor de sí misma. A esto se le decía:

—Vete a tu comedor, da una vuelta alrededor de la mesa mirando siempre su centro, y cuando hayas concluido tu paseo circular, habrás dado una vuelta alrededor de ti mismo, pues tu vista habrá recorrido sucesivamente todos los puntos del comedor. Pues bien, el comedor es el cielo, la mesa es la Tierra y tú eres la Luna.

Y los más reacios quedaban encantados de la comparación.

---

[25] Es la duración de la revolución sideral, es decir, el tiempo que tarda la Luna en volver a una misma estrella. *(N. del T.)*

Tenemos, pues, que la Luna presenta incesantemente el mismo hemisferio a la Tierra, si bien, para ser más exactos, debemos añadir que, a consecuencia de cierto balance y bamboleo del norte al sur y del oeste al este llamado *libración,* se deja ver un poco más de la mitad de su disco, o sea cincuenta y siete centésimas partes de él aproximadamente.

Luego que los ignorantes, por lo que atañe al movimiento de rotación de la Luna, supieron tanto como el director del observatorio de Cambridge, se ocuparon de su movimiento de revolución alrededor de la Tierra, y veinte revistas científicas les instruyeron inmediatamente. Entonces supieron que el firmamento, con su infinidad de estrellas, puede considerarse como un vasto cuadrante por el que la Luna se pasea indicando la hora verdadera a todos los habitantes de la Tierra. Supieron también que en este movimiento el astro de la noche presenta sus diferentes fases; que la Luna es llena cuando se halla en oposición con el Sol, es decir, cuando los tres astros se hallan sobre la misma línea, estando la Tierra en medio; que la Luna es nueva cuando se halla en conjunción con el Sol, es decir, cuando se halla entre la Tierra y él, y, por fin, que la Luna se halla en su primero o su último cuarto cuando forma con el Sol y la Tierra un ángulo recto del cual ocupa el vértice.

Algunos yanquis perspicaces deducían entonces la consecuencia de que los eclipses no pueden producirse sino en las épocas de conjunción o de oposición, y raciocinaban perfectamente. En conjunción, la Luna puede eclipsar al Sol, al paso que en oposición es la Tierra quien puede eclipsar a la Luna, y si estos eclipses no sobrevienen dos veces al mes, se debe a que el plano en que se mueve la Luna está inclinado sobre la eclíptica, en otros términos, sobre el plano en que se mueve la Tierra.

Respecto a la altura que el astro de la noche puede alcanzar en el horizonte, la carta del observatorio de Cambridge había ya dicho cuanto podía apetecerse. Todos sabían que la altura varía según la latitud del lugar desde el cual se observa. Pero las únicas zonas del globo en que la Luna pasa por el cenit, es decir, en que se coloca directamente encima de la cabeza de los que la contemplan, se hallan necesariamente comprendidas entre los 28° paralelos y el ecuador. De aquí la importancia suma de la recomendación de hacer el experimento desde un punto cualquiera de esta parte del globo, a fin de que el proyectil pudiera avanzar perpendicularmente y sustraerse más pronto a la acción de la gravedad. Esta condición era esencial para el buen resultado de la empresa, y no dejaba de preocupar vivamente a la opinión pública.

En cuanto a la línea que sigue la Luna en su revolución alrededor de la Tierra, el observatorio de Cambridge se había expresado tan claramente que los más ignorantes comprendieron que es una línea curva entrante, una elipse y no un círculo, en que la Tierra ocupa uno de los focos. Estas órbitas elípticas son comunes a todos los planetas y a todos los satélites, y la mecánica racional prueba rigurosamente que no puede ser otra cosa. Para todos fue evidente que la Luna se halla lo más lejos posible de la Tierra estando en su apogeo y lo más cerca de su perigeo.

He aquí, pues, lo que todo americano sabía de grado o por fuerza, y lo que nadie podía ignorar decentemente. Pero si muy fácil fue vulgarizar rápidamente estos principios, no lo fue tanto desarraigar muchos errores y ciertos miedos ilusorios.

Algunas almas pacatas sostenían que la Luna era un antiguo cometa que, recorriendo su órbita alrededor del Sol, pasó junto a la Tierra y se detuvo en su círculo de atracción. Así pretendían explicar los astrónomos de salón el aspecto ceniciento de la Luna, desgracia irreparable de que acusaban al astro radiante. Verdad es que cuando se les hacía notar que los cometas tiene atmósfera y que la Luna carece de ella o poco menos, se encogían de hombros sin saber qué responder.

Otros, pertenecientes al gremio de los temerosos, manifestaban respecto de la Luna cierto terror. Habían oído decir que, según las observaciones hechas en tiempo de los califas, el movimiento de rotación de la Luna se aceleraba hasta cierto punto, de lo que dedujeron, lógicamente sin duda, que a una aceleración de movimiento debía corresponder una disminución de distancia entre los dos astros, y que prolongándose hasta lo infinito este doble efecto, la Luna, al fin y al cabo, había de chocar con la Tierra. Debieron, sin embargo, tranquilizarse y dejar de temer por la suerte de las generaciones futuras cuando se les demostró que, según los cálculos del ilustre matemático francés Laplace, esta aceleración de movimiento estaba contenida dentro de límites muy estrechos, y que no tardaría en suceder a ella una disminución proporcional. El equilibrio del mundo solar no podía, por consiguiente, alterarse en los siglos venideros.

Quedaba en último término la clase supersticiosa de los ignorantes, que no se contentan con ignorar, sino que saben lo que no es, y respecto de la Luna sabían demasiado; algunos de ellos consideraban su disco como un bruñido espejo por cuyo medio se podían ver desde distintos puntos de la Tierra y comunicarse sus pensamientos. Otros pretendían que de las mil lunas nuevas observadas, novecientas cincuenta habían acarreado notables perturbaciones, tales como cataclismos, revoluciones, terremotos, diluvios, pestes, etc., es decir, que creían en la influencia misteriosa del astro de la noche sobre los destinos humanos. La miraban como el *verdadero contrapeso* de la existencia: creían que cada *selenita* correspondía a un habitante de la Tierra, al cual estaba unido por un lazo simpático; decían, con el doctor Mead, que el sistema vital le está enteramente sometido, y sostenían con una convicción profunda que los varones nacen principalmente durante la Luna llena y las hembras en el cuarto menguante, etc. Pero tuvieron, al fin, que renunciar a tan groseros errores y reconocer la verdad, y si bien la Luna, despojada de su supuesta influencia, perdió en el concepto de ciertos cortesanos toda su categoría, si algunos le volvieron la espalda, se declaró partidario suyo la inmensa mayoría. En cuanto a los yanquis, no abrigaban más ambición que la de tomar posesión de aquel nuevo continente de los aires para enarbolar en la más erguida cresta de sus montañas el poderoso pabellón, salpicado de estrellas, de los Estados Unidos de América.

CAPÍTULO VII

El himno al proyectil

En su memorable carta del 7 de octubre, el observatorio de Cambridge había tratado la cuestión bajo el punto de vista astronómico, pero era preciso resolverla mecánicamente. En este concepto las dificultades prácticas hubieran parecido insuperables a cualquier otro país que no hubiese sido América. En los Estados Unidos pareció cosa de juego.

El presidente Barbicane había nombrado, sin pérdida de tiempo, en el seno del *Gun-Club,* una comisión ejecutiva. Esta comisión debía en tres sesiones dilucidar las tres grandes cuestiones del cañón, del proyectil y de las pólvoras. Se componía de cuatro miembros muy conocedores de estas materias. Barbicane, con voto preponderante en caso de empate, el general Morgan, el mayor Elphiston y el inevitable J. T. Maston, a quien se confiaron las funciones de secretario.

El 8 de octubre, la comisión se reunió en casa del presidente Barbicane: 3, Republican Street. Como importaba mucho que el estómago no turbase con sus gritos una discusión tan grave, los cuatro miembros del *Gun-Club* se sentaron a una mesa cubierta de bocadillos y de enormes teteras. Enseguida J. T. Maston fijó su pluma en su brazo postizo, y empezó la sesión.

Barbicane tomó la palabra.

—Mis queridos colegas —dijo—, estamos llamados a resolver uno de los más importantes problemas de la balística, la ciencia por excelencia, que trata del movimiento de los proyectiles, es decir, de los cuerpos lanzados al espacio por una fuerza de impulsión cualquiera y abandonados luego a sí mismos.

—¡Oh! ¡La balística! ¡La balística! —exclamó J. T. Maston con voz conmovida.

—Tal vez hubiera parecido más lógico —repuso Barbicane— dedicar esta primera sesión a la discusión del cañón...

—En efecto —respondió el general Morgan.

—Sin embargo —repuso Barbicane—, después de maduras reflexiones, me ha parecido que la cuestión del proyectil debía preceder a la del cañón, y que las dimensiones de este debían subordinarse a las de aquel.

—Pido la palabra —dijo J. T. Maston.

Se le concedió la palabra con la prontitud y espontaneidad a que le hacía acreedor su magnífico pasado.

—Mis dignos amigos —dijo con acento inspirado—, nuestro presidente tiene razón en dar a la cuestión del proyectil preferencia sobre todas las otras. La bala que vamos a enviar a la Luna es nuestro mensajero, nuestro embajador, y os suplico que me permitáis considerarlo bajo un punto de vista puramente moral.

Esta manera nueva de examinar un proyectil excitó singularmente la curiosidad de los miembros de la comisión, por lo que escucharon con la más viva atención las palabras de J. T. Maston.

—Mis queridos colegas —repuso este—, seré breve. Dejaré a un lado la bala física, la bala que mata, para no ocuparme más que de la bala matemática, la bala moral. La bala es para mí la más brillante manifestación del poder humano; este se resume en ella todo entero: creándola es como el hombre se ha acercado más al Creador.

—¡Muy bien! —dijo el mayor Elphiston.

—En efecto —exclamó el orador—, si Dios ha hecho las estrellas y los planetas, el hombre ha hecho la bala, este criterio de las velocidades terrestres, esta reducción de los astros errantes en el espacio, que en definitiva tampoco son más que proyectiles. ¡A Dios corresponde la velocidad de la electricidad, la velocidad de la luz, la velocidad de las estrellas, la velocidad de los cometas, la velocidad de los planetas, la velocidad de los satélites, la velocidad del sonido, la velocidad del viento! ¡Pero a nosotros la velocidad de la bala, cien veces superior a la de los trenes y a la de los caballos más rápidos!

J. T. Maston estaba arrebatado; su voz tomaba acentos líricos cantando este himno sagrado a la bala.

—¿Queréis cifras? —repuso—. ¡Os las presentaré elocuentes! Fijaos sencillamente en la modesta bala de veinticuatro[26]: si bien corre con una velocidad ochocientas mil veces menor que la de la

[26] Es decir, que pesa veinticuatro libras. *(N. del T.)*

electricidad, seiscientas cuarenta mil veces menor que la de la luz, y setenta y seis veces menor que la de la Tierra en su movimiento de traslación alrededor del Sol, sin embargo, al salir del cañón, excede en rapidez al sonido[27], avanza 200 toesas por segundo, 2000 toesas en diez segundos, 14 millas por minuto (6 leguas), 840 millas por hora (360 leguas) y 20 100 millas por día (8640 leguas), es decir, la velocidad de los puntos del ecuador en el movimiento de rotación del globo, que es de 7 336 500 millas por año (3 155 670 leguas). Tardaría, pues, once días en trasladarse a la Luna, doce años en llegar al Sol, trescientos sesenta años en alcanzar a Neptuno, en los límites del mundo solar. ¡He aquí lo que haría esta modesta bala, obra de nuestras manos! ¿Qué será, pues, cuando haciendo esta velocidad veinte veces mayor la lancemos con una rapidez de siete millas por segundo? ¡Bala soberbia! ¡Espléndido proyectil! ¡Me complazco en pensar que serás allá arriba recibida con los honores debidos a un embajador terrestre!

Entusiastas hurras acogieron esta retumbante peroración, y J. T. Maston, muy conmovido, se sentó entre las felicitaciones de sus colegas.

—Y ahora —dijo Barbicane— que hemos pagado un tributo a la poesía, vámonos directamente al grano.

—Vamos al grano —respondieron los miembros del comité, echándose cada uno al coleto media docena de bocadillos.

—Ya sabéis cuál es el problema que hay que resolver —repuso el presidente—. Se trata de dar a un proyectil una velocidad de 12 000 yardas por segundo. Tengo motivos para creer que lo conseguiremos. Pero ahora examinemos las velocidades obtenidas hasta la fecha. Acerca del particular, el general Morgan podrá instruirnos.

—Tanto más —respondió el general— cuanto que, durante la guerra, era miembro de la comisión de experimentos. Os diré, pues, que los cañones de «a 100» de Dahlgreen, que alcanzaban a 2500 toesas, daban a su proyectil una velocidad inicial de 500 yardas por segundo.

[27] Así es que cuando se ha oído el estampido de la boca de fuego, el que lo ha oído no puede ser ya herido por la bala. *(N. del T.)*

—Bien. ¿Y el *columbiad*[28] *Rodman?* —preguntó el presidente.

—El *columbiad Rodman,* ensayado en el fuerte Hamilton, lanzaba una bala de media tonelada de peso a una distancia de seis millas, con una velocidad de 800 yardas por segundo, resultado que no han obtenido nunca en Inglaterra Armstrong y Pallisier.

—¡Oh! ¡Los ingleses! —murmuró J. T. Maston, volviendo hacia el horizonte del este su formidable mano postiza.

—¿Así, pues —repuso Barbicane—, ochocientas yardas son el máximo de la velocidad alcanzada hasta ahora en balística?

—Sí —respondió Morgan.

—Diré, sin embargo —replicó J. T. Maston—, que si mi mortero no hubiese reventado...

—Sí, pero reventó —respondió Barbicane con un ademán benévolo—. Tomemos, pues, por punto de partida la velocidad de ochocientas yardas. La necesitamos veinte veces mayor. Dejando para otra sesión la discusión de los medios destinados a producir esta velocidad, llamo vuestra atención, mis queridos colegas, sobre las dimensiones que conviene dar a la bala. Bien comprendéis que no se trata ahora de proyectiles que pesen media tonelada.

—¿Por qué no? —preguntó el mayor.

—Porque —respondió al momento J. T. Maston— se necesita una bala que sea bastante grande para llamar la atención de los habitantes de la Luna, en el supuesto de que la Luna tenga habitantes.

—Sí —respondió Barbicane—, y también por otra razón aún más importante.

—¿Qué queréis decir, Barbicane? —preguntó el mayor.

—Quiero decir que no basta enviar un proyectil para no volverse a ocupar de él; es menester que le sigamos durante su viaje hasta el momento de llegar a su destino.

—¡Cómo! —dijeron el general y el mayor, algo sorprendidos de la proposición.

—Es natural —repuso Barbicane con la seguridad de un hombre que sabe lo que se dice—, de otra suerte nuestro experimento no produciría el menor resultado.

---

[28] Los americanos dan el nombre de *columbiad* a estas enormes máquinas de destrucción. *(N. del T.)*

—Pero entonces —replicó el mayor—, ¿vais a dar al proyectil dimensiones enormes?

—No, escuchadme. Ya sabéis que los instrumentos de óptica han adquirido una perfección suma. Con ciertos telescopios se han llegado a obtener aumentos de seis mil veces el tamaño natural, y a acercar la Luna a unas 16 leguas. A esta distancia, los objetos cuyo volumen es de 60 pies, son perfectamente visibles. Si no se ha llevado más lejos el poder de penetración de los telescopios, ha sido porque este poder no se ejerce sino en menoscabo de la claridad; la Luna, que no es más que un espejo reflector, no envía una luz bastante intensa para que se pueda llevar el aumento más allá de ese límite.

—¿Qué pensáis, pues, hacer? —preguntó el general—. ¿Daréis a vuestro proyectil un diámetro de sesenta pies?

—¡No!

—¿Os comprometéis, pues, a volver la Luna más luminosa?

—Precisamente.

—¡Me gusta la ocurrencia! —exclamó J. T. Maston.

—Es una cosa muy sencilla —respondió Barbicane—. Si se llega a disminuir la densidad de la atmósfera que atraviesa la luz de la Luna, ¿no es evidente que se habrá vuelto esta luz más intensa?

—Evidentemente.

—Pues bien, para obtener este resultado, me bastará colocar mi telescopio en alguna montaña elevada, y es lo que haremos.

—Convenido, convenido —respondió el mayor—. ¡Tenéis una manera de simplificar las cosas...! ¿Y qué aumento esperáis obtener así?

—Un aumento de cuarenta y ocho mil veces, que nos pondrá la Luna a una distancia que será no más que de cinco millas. Y los objetos para ser visibles no necesitarán tener más que un diámetro de nueve pies.

—¡Perfectamente! —exclamó J. T. Maston—. ¿Nuestro proyectil va a tener nueve pies de diámetro?

—Ni más ni menos.

—Permitidme deciros, sin embargo —repuso el mayor Elphiston—, que, aun así, será un peso tal...

—¡Oh, mayor! —respondió Barbicane—. Antes de discutir su peso, permitidme deciros que nuestros padres hacían, en este género, maravillas. Lejos de mí la idea de que la balística no ha progresado, pero bueno es saber que ya en la Edad Media se obtenían resultados sorprendentes, y aun me atreveré a decir más sorprendentes que los nuestros.

—Eso contádselo a mi abuela —replicó Morgan.

—Justificad vuestras palabras —exclamó al momento J. T. Maston.

—Nada más fácil —replicó Barbicane—, puedo citar ejemplos en apoyo de mi aserción. En el sitio que puso a Constantinopla Mahomet II, en 1543, se lanzaron balas de piedra que pesaban 1900 libras, que serían de un regular tamaño.

—¡Oh! ¡Oh! —exclamó el mayor—. Muchas libras son 1900.

—En Malta, en tiempos de los Caballeros, cierto cañón del fuerte de san Telmo arrojaba proyectiles que pesaban 2500 libras.

—¡Imposible!

—Por último, según un historiador francés, bajo el reinado de Luis XI, había un mortero que arrojaba una bomba de 500 libras de peso solamente; pero esta bomba, partiendo de la Bastilla, que era un punto en que los locos encerraban a los cuerdos, iba a caer en Charenton, que es un punto donde los cuerdos encierran a los locos.

—¡Imposible!

—¡Muy bien! —dijo J. T. Maston.

—¿Qué hemos visto nosotros después, en resumidas cuentas? ¡Los cañones Armstrong, que disparan balas de quinientas libras, y los *columbiads Rodman*, que disparan balas de media tonelada! Parece, pues, que si los proyectiles han ganado en alcance, en peso más han perdido que han ganado. Haciendo los debidos esfuerzos, llegaremos con los progresos de la ciencia a decuplicar el peso de las balas de Mahomet II y de los Caballeros de Malta.

—Es evidente —respondió el mayor—. ¿Pero de qué metal pensáis echar mano para el proyectil?

—Del hierro fundido, pura y simplemente —dijo el general Morgan.

—¡Hierro fundido! —exclamó J. T. Maston con profundo desdén—. El hierro es un metal muy ordinario para fabricar una bala destinada a hacer una visita a la Luna.

—No exageremos, mi distinguido amigo —respondió Morgan—. El hierro fundido bastará.

—Entonces —repuso el mayor Elphiston—, puesto que el peso de la bala es proporcionado a su volumen, una bala de hierro fundido, que mida nueve pies de diámetro pesará horriblemente.

—Horriblemente, si es maciza; pero no si es hueca —dijo Barbicane.

—¡Hueca! ¿Será, pues, una granada?

—¡En la que pondremos mensajes! —replicó J. T. Maston—. ¡Y muestras de nuestras producciones terrestres!

—¡Sí, una granada —respondió Barbicane—; no puede ser otra cosa! Una bala maciza de 108 pulgadas, pesaría más de cien mil libras, y este peso es evidentemente excesivo. Sin embargo, como es menester que el proyectil tenga cierta consistencia, propongo que se le consienta un peso de veinte mil libras.

—¿Cuál será, pues, el grueso de sus paredes? —preguntó el mayor.

—Si seguimos la proporción reglamentaria —respondió Morgan—, un diámetro de 108 pulgadas exigirá paredes que no bajen de dos pies.

—Sería demasiado —contestó Barbicane—. Notad bien que no se trata de una bala destinada a taladrar planchas de hierro; basta, pues, que sus paredes sean bastante fuertes para contrarrestar la presión de los gases de la pólvora. He aquí, pues, el problema: ¿qué grueso debe tener una granada de hierro fundido para no pesar más que 20 000 libras? Nuestro hábil calculador, el intrépido Maston, va a decirlo ahora mismo.

—Nada más fácil —replicó el distinguido secretario de la Comisión.

Y sin decir más, trazó algunas fórmulas algebraicas en el papel, viéndose aparecer bajo su pluma equis y más equis elevadas hasta la segunda potencia. Hasta pareció que extraía, sin tocarla, cierta raíz cúbica, y dijo:

—Las paredes no llegarán a tener el grueso de dos pulgadas.

—¿Será suficiente? —preguntó el mayor con un ademán dubitativo.

—No, evidentemente, no —respondió el presidente Barbicane.

—¿Qué se hace, pues? —repuso Elphiston bastante perplejo.

—Emplear otro metal.

—¿Cobre? —dijo Morgan.

—No; es aún demasiado pesado, yo os propongo otro mejor.

—¿Cuál? —dijo el mayor.

—El aluminio —respondió Barbicane.

—¡Aluminio! —exclamaron los tres colegas del presidente.

—Sin duda, amigos míos. Ya sabéis que un ilustre químico francés, Henry Sainte-Claire Deville, llegó en 1854 a obtener el aluminio en masa compacta. Este precioso metal tiene la blancura de la plata, la inalterabilidad del oro, la tenacidad del hierro, la fusibilidad del cobre y la ligereza del vidrio. Se trabaja fácilmente, abunda en la naturaleza, pues la alúmina forma la base de la mayor parte de las rocas; es tres veces más ligero que el hierro, y parece haber sido creado expresamente para suministrarnos la materia de que se ha de componer nuestro proyectil.

—¡Bien por el aluminio! —exclamó el secretario de la comisión, siempre muy estrepitoso en sus momentos de entusiasmo.

—Pero, mi estimado presidente —dijo el mayor—, ¿no es acaso el aluminio excesivamente caro?

—Lo era —respondió Barbicane—; en los primeros tiempos de su descubrimiento, una libra de aluminio costaba de 260 a 280 dólares (cerca de 1500 francos); después bajó a 20 dólares (150 francos), y actualmente vale 9 dólares (48 francos).

—Aun así —replicó el mayor, que no daba fácilmente su brazo a torcer—, es un precio enorme.

—Sin duda, mi querido mayor, pero no inasequible a nuestros medios.

—¿Cuánto pesará, pues, el proyectil? —preguntó Morgan.

—He aquí el resultado de mis cálculos —respondió Barbicane—. Una bala de 180 pulgadas de diámetro y de 12 pulgadas de espesor pesaría, siendo de hierro colado, 67 440 libras; construida en aluminio, su peso queda reducido a 19 250 libras.

—¡Perfectamente! —exclamó Maston—. No nos separamos del programa.

—Ciento sesenta y tres mil doscientos cincuenta dólares, exactamente; pero no temáis, amigos, no faltará dinero para nuestra empresa, respondo de ello.

—Una lluvia de oro caerá en nuestras cajas —replicó J. T. Maston.

—Pues, bien, ¿qué os parece el aluminio? —preguntó el presidente.

—Adoptado —respondieron los tres miembros de la comisión.

—En cuanto a la forma de la bala —repuso Barbicane—, importa poco, pues una vez traspasada la atmósfera, el proyectil se hallará en el vacío. Propongo, por tanto, que la bala sea redonda, para que gire como mejor le parezca y se conduzca del modo que le dé la gana.

Así terminó la primera sesión de la comisión. La cuestión del proyectil estaba definitivamente resuelta, y J. T. Maston no cabía de alegría en su pellejo, pensando que se iba a enviar una bala de aluminio a los selenitas, lo que les daría una alta idea de los habitantes de la Tierra.

CAPÍTULO VIII

Historia del cañón

Las resoluciones tomadas en la primera sesión produjeron en el exterior un gran efecto. La idea de una bala de 20 000 libras atravesando el espacio alarmaba un poco a los meticulosos. ¿Qué cañón, se preguntaban, podrá transmitir jamás a semejante mole una velocidad inicial suficiente? Durante la segunda sesión de la comisión debía responderse satisfactoriamente a esta pregunta.

Al día siguiente por la noche, los cuatro miembros del *Gun-Club* se sentaban delante de nuevas montañas de emparedados, a la orilla de un verdadero océano de té. La discusión empezó inmediatamente, sin ningún preámbulo.

—Mis queridos colegas —dijo Barbicane—, vamos a ocuparnos de la máquina que se ha de construir, de su tamaño, forma, composición y peso. Es probable que lleguemos a darle dimensiones gigantescas, pero, por grandes que sean las dificultades, nuestro genio industrial las allanará fácilmente. Tened, pues, la bondad de escucharme, y no os desagrade hacerme las objeciones que os parezcan convenientes. No las temo.

Un murmullo aprobador acogió esta declaración tan acertada.

—No olvidemos —repuso Barbicane— el punto a que ayer nos condujo nuestra discusión. El problema se presenta ahora bajo esta forma: dar una velocidad inicial de doce mil yardas por segundo a una granada de 180 pulgadas de diámetro y de veinte mil libras de peso.

—He aquí el problema, en efecto —respondió el mayor Elphiston.

—Prosigo —repuso Barbicane—. Cuando un proyectil se lanza al espacio, ¿qué sucede? Se halla solicitado por tres fuerzas independientes: la resistencia del medio, la atracción de la Tierra y la fuerza de impulsión de que está animado. Examinemos estas tres fuerzas. La resistencia del medio, es decir, la resistencia del aire, será poco importante. La atmósfera terrestre no tiene más que 40 millas de altura, que con una velocidad de 12 000 yardas el proyectil podrá atravesar en cinco segundos, lo que nos permite considerar la resistencia del medio como insignificante. Pasemos a la atracción de la Tierra, es decir, al peso de la granada. Ya sabemos que este peso disminuirá en razón inversa del cuadrado de las distancias. He aquí lo que la física nos enseña: cuando un cuerpo abandonado a sí mismo cae a la superficie de la tierra, su caída es de quince pies[29] en el primer segundo, y si este mismo cuerpo fuese transportado a 257 542 millas o, en otros términos, a la distancia a que se encuentra la Luna, su caída quedaría reducida a cerca de media línea, en el primer segundo, lo que es casi la inmovilidad. Trátase, pues, de vencer progresivamente esta acción del peso. ¿Cómo la venceremos? Mediante la fuerza de impulsión.

—He aquí la dificultad —respondió el mayor.

—En efecto —repuso el presidente—, pero la allanaremos, porque la fuerza de impulsión que necesitamos resulta de la longitud de la máquina y de la cantidad de pólvora empleada, y esta se halla limitada por la resistencia de aquella. Ocupémonos ahora, pues, de las dimensiones que hay que dar al cañón. Téngase en cuenta que podemos procurarle condiciones de una resistencia infinita, si es lícito hablar así, pues no se tiene que maniobrar con él.

—Es evidente —respondió el general.

—Hasta ahora —dijo Barbicane—, los cañones más largos, nuestros enormes *columbiads,* no han pasado de veinticinco pies de longitud; mucha sorpresa causarán, pues, a la gente las dimensiones que tendremos que adoptar.

—Sin duda —exclamó J. T. Maston—. Yo propongo un cañón cuya longitud no baje de media milla.

—¡Media milla! —exclamaron el mayor y el general.

—Sí, media milla, y me quedo corto.

—Vamos, Maston —respondió Morgan—. Exageráis.

—No —replicó el fogoso secretario—, no sé en verdad por qué me tacháis de exagerado.

—¡Porque vais demasiado lejos!

---

[29] 4,90 metros. *(N. del T.)*

—Sabed, señor —respondió J. T. Maston, con solemne gravedad—, sabed que un artillero es como una bala, que no puede ir demasiado lejos.

La discusión tomaba un carácter personal, pero el presidente intervino.

—Calma, amigos, calma, y razonemos. Se necesita evidentemente un cañón de gran calibre, puesto que la longitud de la pieza aumentará la presión de los gases acumulados debajo del proyectil, pero es inútil pasar de ciertos límites.

—Perfectamente — dijo el mayor.

—¿Qué reglas hay para semejantes casos? Ordinariamente la longitud de un cañón es la de 20 a 25 veces el diámetro de la bala, y pesa de 235 a 240 veces más que esta.

—No basta —exclamó J. T. Maston impetuosamente.

—Convengo en ello, mi digno amigo. En efecto, siguiendo la proporción indicada, para el proyectil que tuviese nueve pies de ancho y pesase veinte mil libras, el cañón no tendría más que una longitud de 225 pies y un peso de doscientas mil libras.

—Lo que es ridículo —añadió J. T. Maston—; tanto valdría echar mano de una pistola.

—Lo mismo opino —respondió Barbicane—, por lo que propongo cuadruplicar esta longitud y construir un cañón de 900 pies.

El general y el mayor hicieron algunas objeciones; pero sostenida resueltamente la proposición por el secretario del *Gun-Club,* se adoptó definitivamente.

—Ahora sepamos —dijo Elphiston— qué grueso debemos dar a sus paredes.

—Seis pies —respondió Barbicane.

—¿Supongo que no intentaréis colocar en una cureña semejante mole? —preguntó el mayor.

—¡Lo que, sin embargo, sería soberbio!

—Pero impracticable —respondió Barbicane—. Creo que se debe fundir el cañón en el punto mismo en que se ha de disparar, ponerle abrazaderas de hierro forjado y rodearlo de una obra de mampostería, de modo que participe de toda la resistencia del terreno circundante. Fundida la pieza, se pulirá el ánima para impedir el viento[30] de la bala, y de este modo no habrá pérdida de gas, y toda la fuerza expansiva de la pólvora se invertirá en la impulsión.

—¡Bravo! —exclamó J. T. Maston—. Ya tenemos nuestro cañón.

—¡Todavía no! —respondió Barbicane, calmando con la mano a su impaciente amigo.

—¿Por qué?

—Porque hasta ahora no hemos discutido aún su forma. ¿Será un cañón, un obús o un mortero?

—Un cañón —respondió Morgan.

—Un lanzaobuses —replicó el mayor.

—Un mortero —exclamó J. T. Maston.

Iba a empeñarse una nueva discusión que prometía ser bastante acalorada, y cada cual preconizaba su arma favorita, cuando intervino el presidente.

—Amigos míos —dijo—, voy a poneros a todos de acuerdo. Nuestro *columbiad* participará a la vez de las tres bocas de fuego. Será un cañón, porque la recámara y el ánima tendrán igual diámetro. Será un lanzaobuses, porque disparará una granada. Será un mortero, porque se apuntará formando en el horizonte un ángulo de noventa grados, y, además, le será imposible retroceder, estará fijo en tierra, y así comunicará al proyectil toda la fuerza de impulsión acumulada en sus entrañas.

—Adoptado, adoptado —respondieron los miembros de la comisión.

—Permitidme una sencilla reflexión —dijo Elphiston—. ¿Este cañón-lanzaobuses-mortero será rayado?

—No —respondió Barbicane—, no; necesitamos una velocidad inicial enorme, y ya sabéis que la bala sale con menos rapidez de los cañones rayados que de los lisos.

—Justamente.

—¡En fin, ya es nuestro! —repitió J. T. Maston.

—Aún falta algo —replicó el presidente.

—¿Qué falta?

—Aún no sabemos de qué metal se ha de componer.

---

[30] Se denomina «viento», en balística, al espacio que algunas veces queda entre el proyectil y el ánima de la pieza. *(N. del T.)*

—Decidámoslo sin demora.

—Iba a proponéroslo.

Los cuatro miembros de la Comisión se zamparon una docena de emparedados por barba, seguidos de una buena taza de té, y reanudaron la discusión.

—Dignísimos colegas —dijo Barbicane—, nuestro cañón debe tener mucha tenacidad y dureza, ser infusible al calor, ser inoxidable e indisoluble a la acción corrosiva de los ácidos.

—Acerca del particular, no cabe la menor duda —respondió el mayor—. Y como será preciso emplear una cantidad considerable de metal, la elección no puede ser dudosa.

—Entonces —dijo Morgan—, propongo para la fabricación del *columbiad* la mejor aleación que se conoce, es decir, cien partes de cobre, doce de estaño y seis de latón.

—Amigos míos —respondió el presidente—, convengo en que la composición que se acaba de proponer ha dado resultados excelentes, pero costaría mucho y se maneja difícilmente. Creo, pues, que se debe adoptar una materia que es excelente y al mismo tiempo barata, cual es el hierro fundido. ¿No sois de mi opinión, mayor?

—Estamos de acuerdo —respondió Elphiston.

—En efecto —respondió Barbicane—, el hierro fundido cuesta diez veces menos que el bronce; es fácil de fundir y de amoldar, y se deja trabajar dócilmente. Su adopción economiza dinero y tiempo. Recuerdo, además, que durante la guerra, en el sitio de Atlanta, hubo piezas de hierro que de veinte en veinte minutos dispararon más de mil tiros sin experimentar deterioro alguno.

—Pero el hierro fundido es quebradizo —respondió Morgan.

—Sí, pero también muy resistente. Además, no reventará, respondo de ello.

—Un cañón puede reventar y ser bueno —replicó sentenciosamente J. T. Maston, abogando *pro domu sua* como si se sintiese aludido.

—Es evidente —respondió Barbicane—. Me permito, pues, suplicar a nuestro digno secretario que calcule el peso de un cañón de hierro fundido de 900 pies de longitud y de un diámetro interior o calibre de nueve pies, con un grueso de seis pies en sus paredes.

—Al momento —respondió J. T. Maston.

Y como lo había hecho en la sesión anterior, hizo sus cálculos con una maravillosa facilidad, y dijo al cabo de un minuto:

—El cañón pesará 68 040 toneladas.

—¿Y a dos céntimos la libra, costará...?

—Dos millones quinientos diez mil setecientos un dólares.

J. T. Maston, el mayor y el general miraron con inquietud a Barbicane.

—Señores —dijo este—, repito lo que dije ayer: estad tranquilos, los millones no nos faltarán.

Dadas estas seguridades por el presidente, la comisión se separó, quedando citados todos sus individuos para el día siguiente, en que celebrarían la tercera sesión.

CAPÍTULO IX

La cuestión de las pólvoras

Aún había que tratar la cuestión de las pólvoras. Esta última decisión era aguardada con ansiedad por el público. Dadas la magnitud del proyectil y la longitud del cañón, ¿cuál sería la cantidad de pólvora necesaria para producir la impulsión? Este agente terrible, cuyos efectos, sin embargo, ha dominado el hombre, iba a ser llamado para desempeñar su papel en proporciones insólitas.

Se cree generalmente, y se repite sin cesar, que la pólvora fue inventada en el siglo XIV por el fraile Schwartz, cuyo descubrimiento le costó la vida. Pero en la actualidad está casi probado que esta historia se debe colocar entre las leyendas de la Edad Media.

La pólvora no ha sido inventada por nadie; resulta directamente del fuego griego, compuesto como ella de azufre y salitre, si bien estas mezclas, que en el fuego griego no eran más que mezclas de dilatación, en la pólvora, tal como se conoce actualmente, al inflamarse producen un estrépito.

Pero si bien los eruditos conocen perfectamente la falsa historia de la pólvora, pocos son los que saben darse cuenta de su poder mecánico, sin cuyo conocimiento no es posible comprender la importancia del asunto sometido a la comisión.

Un litro de pólvora pesa aproximadamente dos libras (900 gramos), y produce, al inflamarse, cuatrocientas libras de gases, que haciéndose libres, y bajo la acción de una temperatura elevada a 2400 °F, ocupan el espacio de cuatro mil litros. El volumen de la pólvora es, pues, a los volúmenes de los gases producidos por su combustión o deflagración lo que 1 es a cuatro mil. Júzguese cuál debe ser el ímpetu de estos gases cuando se hallan comprimidos en un espacio cuatro mil veces demasiado reducido para contenerlos.

He aquí lo que sabían perfectamente los miembros de la comisión cuando se citaron para la tercera sesión. Barbicane concedió la palabra al mayor. Elphiston había sido durante la guerra director de las fábricas de pólvora.

—Mis buenos camaradas —dijo el distinguido químico—, vamos a enumerar unos guarismos irrecusables que nos servirán de base. La bala «de 24» de que hablaba ayer el respetable J. T. Maston en términos tan poéticos, sale de la boca de fuego empujada por dieciséis libras de pólvora.

—¿Estáis seguro de la cifra? —preguntó el presidente.

—Absolutamente seguro —respondió el mayor—. El cañón Armstrong no se carga más que con setenta y cinco libras de pólvora para arrojar un proyectil de ochocientas libras, y el *columbiad Rodman* no gasta más que 170 libras de pólvora para enviar a seis millas de distancia su bala de media tonelada. Estos son hechos acerca de los cuales no cabe la menor duda, pues los he comprobado yo mismo en las actas de la Junta de Artillería.

—Perfectamente —respondió el general.

—De estos guarismos —repuso el mayor— se deduce que la cantidad de pólvora no aumenta con el peso de la bala. En efecto, si bien se necesitan dieciséis libras de pólvora para una bala de 24, o, en otros términos, si bien en los cañones ordinarios se emplea una cantidad de pólvora cuyo peso es dos terceras partes el del proyectil, esta proporción no es constante. Calculad y veréis que para una bala de media tonelada, en lugar de 333 libras de pólvora, se reduce esta cantidad a 160 libras solamente.

—¿Y qué pretendéis deducir de eso? —preguntó el presidente.

—Si lleváis vuestra teoría al último extremo, mi querido mayor —dijo J. T. Maston—, resultará que cuando una bala tenga un peso suficiente, no se necesitará pólvora alguna.

—Mi amigo Maston se chancea hasta en las ocasiones más solemnes —replicó el mayor—; pero tranquilizaos. No tardaré en proponerle cantidades de pólvora que dejarán satisfecho su amor propio de artillero. Pero tenía interés en dejar consignado que durante la guerra, la experiencia demostró que para cargar las piezas de mayor calibre, el peso de la pólvora podía reducirse perfectamente a una décima parte del que tiene la bala.

—No hay nada más exacto —dijo Morgan—. Pero antes de determinar la cantidad de pólvora necesaria para dar el impulso, opino que convendría ponernos de acuerdo sobre su naturaleza.

—Emplearemos la pólvora de grano grueso —respondió el mayor—, porque su deflagración es más rápida que la de la pólvora fina.

—Sin duda —replicó Morgan—. Pero se desmenuza más fácilmente, y, al fin y al cabo, altera el ánima de las piezas.

—Lo que sería un inconveniente para un cañón destinado a un largo servicio, pero no para nuestro *columbiad.* No corremos riesgo alguno de explosión, y necesitamos que la pólvora se inflame instantáneamente para que su efecto mecánico sea completo.

—Podríamos —dijo J. T. Maston— abrir varios agujeros para aplicar el fuego a un mismo tiempo a distintos puntos.

—Sin duda —respondió Elphiston—. Pero complicaríamos la operación. Me atengo, pues, a mi pólvora de grano grueso que allana todas las dificultades.

—Sea —respondió el general.

—Para cargar su *columbiad* —añadió el mayor— Rodman empleaba una pólvora de granos gruesos como castañas, hecha con carbón de sauce, tostado sencillamente en calderas de hierro fundido. Era una pólvora dura y brillante, que no manchaba la mano; contenía una gran proporción de hidrógeno y de oxígeno, se inflamaba instantáneamente y, aunque muy desmenuzable, no deterioraba sensiblemente las bocas de fuego.

—Me parece, pues —respondió J. T. Maston—, que no debemos vacilar y que la elección está hecha.

—A no ser que prefiráis la pólvora de oro —replicó el mayor riendo, lo que le valió un ademán amenazador con que le contestó la mano postiza de su susceptible amigo.

Hasta entonces, Barbicane se había abstenido de tomar parte en la discusión. Dejaba hablar y escuchaba. Evidentemente meditaba algo. Se contentó con preguntar sencillamente:

—¿Y ahora, amigos, qué cantidad de pólvora proponéis?

Los tres miembros del *Gun-Club* se miraron mutuamente.

—Doscientas mil libras —dijo, por fin, Morgan.

—Quinientas mil —replicó el mayor.

—Ochocientas mil —exclamó J. T. Maston.

Esta vez, Elphiston no se atrevió a calificar a su colega de exagerado. En efecto, se trataba de enviar a la Luna un proyectil de veinte mil libras, dándole una fuerza inicial de doce mil yardas por segundo. Siguió a la triple proposición hecha por los tres colegas un momento de silencio.

El presidente Barbicane lo rompió.

—Mis bravos camaradas —dijo con voz tranquila—, yo parto del principio de que la resistencia de nuestro cañón, construido en las condiciones requeridas, es ilimitada. Voy, pues, a sorprender al distinguido J. T. Maston diciéndole que ha sido tímido en sus cálculos, y propongo doblar sus ochocientas mil libras de pólvora.

—¿Un millón seiscientas mil libras? —exclamó J. T. Maston saltando de su asiento.

—Como lo digo.

—Pero entonces fuerza será recurrir a mi cañón de media milla de longitud.

—Es evidente —dijo el mayor.

—Un millón seiscientas mil libras de pólvora —repuso el secretario de la Comisión— ocuparán aproximadamente un espacio de 22 000 pies cúbicos[31], y como vuestro cañón no tiene más que una capacidad de 54 000 pies cúbicos[32], quedará cargado de pólvora hasta la mitad y el ánima no será bastante larga para que la detención de los gases dé al proyectil un impulso suficiente.

La objeción no tenía réplica. J. T. Maston estaba en lo justo. Todos miraron a Barbicane.

—Sin embargo —repuso el presidente—, se necesita la cantidad de pólvora que he dicho. Pensadlo bien, un millón seiscientas mil libras de pólvora producirán seis mil millones de litros de gas. ¡Seis mil millones! ¿Lo entendéis?

—Pero, entonces, ¿cómo hacerlo? —preguntó el general.

—Muy sencillamente. Es preciso reducir esta enorme cantidad de pólvora conservándola con este poder mecánico.

—¡Bueno! Pero ¿cómo?

—Voy a decíroslo —respondió tranquilamente Barbicane.

Sus interlocutores le miraban ávidamente.

—Nada, en efecto, es más fácil —dijo— que reducir esta masa de pólvora a un volumen cuatro veces menos considerable. Todos

[31] Poco menos de ochocientos metros cúbicos. *(N. del T.)*

[32] Equivalente a dos mil metros cúbicos. *(N. del T.)*

conocéis esa curiosa materia que constituyen los tejidos elementales de los vegetales, llamada celulosa.

—Os comprendo, querido Barbicane —dijo el mayor.

—Esta materia —prosiguió el presidente— se saca perfectamente pura de varios cuerpos, especialmente del algodón, y no es más que la pelusa de los granos del algodonero. El algodón, combinado con el ácido nítrico en frío, se transforma en una sustancia eminentemente insoluble, eminentemente combustible, eminentemente explosiva. En 1832, Braconnot, químico francés, descubrió esta sustancia, a la cual dio el nombre de xiloidina. En 1838, Pelouze, otro francés, estudió sus diversas propiedades, y, por último, en 1846, Shonbein, profesor de química en Basilea, la propuso como pólvora de guerra. Esta pólvora es el algodón azótico o nítrico...

—O piróxilo —respondió Elphiston.

—O furmicotón —replicó Morgan.

—¿No hay un solo nombre americano que pueda ponerse al pie de este descubrimiento? —exclamó J. T. Maston a impulsos de su amor propio nacional.

—Ni uno, desgraciadamente —respondió el mayor.

—Sin embargo —repuso el presidente—, debo decir, para halagar el patriotismo de Maston, que los trabajos de un conciudadano nuestro se refieren al estudio de la celulosa, pues el colodión, uno de los principales agentes de la fotografía, no es más que piróxilo disuelto en el éter con adición de alcohol, y ha sido descubierto por Maynard, que estudiaba entonces medicina en Boston.

—¡Pues hurra por Maynard y por el fulmicotón! —exclamó el entusiasta secretario del *Gun-Club.*

—Volvamos al piróxilo —repuso Barbicane—. Conocéis sus propiedades, por las cuales va a ser para nosotros tan precioso. Se prepara con la mayor facilidad, sumergiendo algodón en ácido nítrico humeante[33], por espacio de quince minutos, lavándolo después en mucha agua y dejándolo secar.

—Nada, en efecto, más sencillo —dijo Morgan.

—Además, el piróxilo es inalterable a la humedad, cualidad preciosa para nosotros, que necesitaremos muchos días para cargar el

[33] Llamado así, porque al contacto del aire húmedo despide una densa humareda blanquecina. *(N. del T.)*

cañón; se inflama a los 170 °F en lugar de 240 °F, y su deflagración es tan súbita que se inflama sobre la pólvora ordinaria sin que tenga tiempo de inflamarse esta.

—Perfectamente —respondió el mayor.

—Sólo que cuesta más cara.

—¿Qué importa? —dijo J. T. Maston.

—Por último, comunica a los proyectiles una velocidad cuatro veces mayor que la que les da la pólvora ordinaria. Y si se mezclan con el piróxilo ocho décimas de su peso de nitrato de potasa, su fuerza expansiva aumenta considerablemente.

—¿Será necesaria esa mezcla? —preguntó el mayor.

—Me parece que no —respondió Barbicane—. Así pues, en lugar de 1600 libras de pólvora, nos bastarán quinientas libras de fulmicotón, y como no hay peligro en comprimir quinientas libras de algodón en un espacio de veintiséis pies cúbicos, esta materia no ocupará en el *columbiad* más que una altura de treinta toesas. Así recorrerá la bala más de setecientos pies de ánima bajo el esfuerzo de seis mil millones de litros de gas antes de emprender su marcha hacia el astro de la noche.

Al oír estas palabras, J. T. Maston no pudo reprimir su entusiasmo, y con la velocidad de un proyectil se arrojó en los brazos de su amigo, al cual hubiera derribado si Barbicane no hubiese sido un hombre hecho a prueba de bomba.

Este incidente fue el punto final de la tercera sesión de la comisión. Barbicane y sus audaces colegas, para quienes no había nada imposible, acababan de resolver la cuestión tan compleja del proyectil, del cañón y de la pólvora. Formado su plan, ya no faltaba más que ejecutarlo.

—Poca cosa, una bagatela —decía J. T. Maston.

CAPÍTULO X

Un enemigo para veinticuatro millones de amigos

Los más insignificantes pormenores de la empresa del *Gun-Club* excitaban el interés del público americano, que seguía uno tras otro todos los pasos de la comisión. Los menores preparativos de tan colosal experimento, las cuestiones de cifras que provocaba, las dificultades mecánicas que había que resolver, en una palabra, la ejecución del gran proyecto le absorbía completamente.

Más de un año había de mediar entre el principio y la conclusión de los trabajos, pero este transcurso de tiempo no podía ser estéril en emociones. La elección del sitio para la fundición, la construcción del molde, la fundición del *columbiad,* su muy peligrosa carga, eran más que suficientes para excitar la curiosidad pública. El proyectil, apenas disparado, desaparecería en algunas décimas de segundo, sin ser accesible a mirada alguna; pero lo que llegaría a ser después, su manera de conducirse en el espacio y el momento de llegar a la Luna, no podían verlo con sus propios ojos más que unos cuantos privilegiados. Así, pues, los preparativos del experimento, los pormenores precisos de la ejecución, constituían entonces el verdadero interés, el interés general, el interés público.

Sin embargo, hubo un incidente que sobreexcitó de pronto el atractivo puramente científico.

Ya se sabe que el proyecto de Barbicane había agolpado en torno de este numerosas legiones de admiradores y amigos. Pero aquella mayoría, por grande, por extraordinaria que fuese, no era la unanimidad. Un hombre, un sólo hombre en todos los Estados de la Unión, protestó contra la tentativa del *Gun-Club* y la atacó con violencia en todas las ocasiones que le parecieron oportunas. Es tal la naturaleza humana, que Barbicane fue más sensible a esta oposición de uno solo que a los aplausos de todos los demás.

Y eso, pese a que conocía el motivo de semejante antipatía, y que conocía la procedencia de aquella enemistad aislada, enemistad personal y antigua, fundada en una rivalidad de amor propio.

El presidente del *Gun-Club* no había visto ni una vez en la vida a aquel enemigo perseverante, lo que fue una dicha, porque el encuentro de aquellos dos hombres hubiera tenido funestas consecuencias. Aquel rival de Barbicane era un sabio como él, de carácter altivo, audaz, seguro de sí mismo, violento, un yanqui de pura sangre. Se llamaba capitán Nicholl, y residía en Filadelfia.

Nadie ignora la curiosa lucha que se empeñó durante la guerra federal entre el proyectil y la coraza de los buques acorazados, aquel estaba destinado a atravesar esta y estando esta resuelta a no dejarse atravesar. De esta lucha nació una transformación de la Marina en los Estados de los dos continentes. La bala y la plancha lucharon con un encarnizamiento sin ejemplo, la una creciendo y la otra engrosando en una proporción constante. Los buques, armados de formidables piezas, marchaban al combate al abrigo de su invulnerable concha. El Merrimac, el Monitor, el Ram Tennesee y el Wechausen[34] lanzaban proyectiles enormes, después de haberse acorazado para librarse de los proyectiles contrarios. Causaban a otros el daño que no querían que los otros les causasen, y este era el principio inmoral en que suele descansar todo el arte de la guerra.

Y si Barbicane fue el gran fundidor de proyectiles, Nicholl fue un gran forjador de planchas. El uno fundía noche y día en Baltimore, y el otro forjaba día y noche en Filadelfia. Los dos seguían una corriente de ideas esencialmente opuestas.

Apenas Barbicane inventaba una nueva bala, Nicholl inventaba una nueva plancha. El presidente del *Gun-Club* pasaba su vida pensando en la manera de abrir agujeros, y el capitán pasaba la suya pensando en la manera de impedirle que los abriese. He aquí el origen de una rivalidad continua que se convirtió en odio personal.

Nicholl se aparecía a Barbicane en sus sueños bajo la forma de una coraza impenetrable contra la cual se estrellaba, y Barbicane

[34] Buques de la Armada americana. *(N. del T.)*

se aparecía en sus sueños a Nicholl como un proyectil que le atravesaba de parte a parte.

Los dos sabios, si bien seguían dos líneas divergentes, se hubieran al fin encontrado a pesar de todos los axiomas de geometría, pero se hubieran encontrado en el terreno del duelo. Afortunadamente aquellos dos ciudadanos, tan útiles a su país, se hallaban separados uno de otro por una distancia de 50 a 60 millas, y sus amigos hacinaron en el camino tantos obstáculos que no llegaron a encontrarse nunca.

No se podía decir de una manera positiva cuál de los dos inventores había triunfado sobre el otro. Los resultados obtenidos volvían difícil una apreciación justa. Parecía, sin embargo, que en último resultado la coraza había de ceder a la bala. Con todo, había dudas entre las personas competentes. En los últimos experimentos, los proyectiles cilindro-cónicos de Barbicane se clavaron como alfileres en las planchas de Nicholl, por cuyo motivo este se creyó victorioso, y atesoró para su rival una dosis inmensa de desprecio. Pero más adelante, cuando Barbicane sustituyó las balas cónicas con simples granadas de seiscientas libras, el presidente del *Gun-Club* tomó su desquite. En efecto, aquellos proyectiles, aunque animados de una velocidad regular, rompieron, taladraron, hicieron saltar a pedazos las planchas del mejor metal.

A este punto habían llegado las cosas, y parecía que la bala había quedado victoriosa, cuando terminó la guerra, y terminó precisamente el mismo día en que Nicholl concluía una nueva coraza de hierro forjado, que era en su género una obra maestra, capaz de burlarse de todos los proyectiles del mundo. El capitán la hizo trasladar al polígono de Washington, desafiando a que la destruyeran los proyectiles del presidente del *Gun-Club,* el cual, hecha la paz, se negó a la prueba.

Entonces Nicholl, furioso, ofreció exponer su plancha al choque de las balas más inverosímiles, llenas o huecas, redondas o cónicas.

Ni por esas; el presidente no quería comprometer su última victoria.

Nicholl, exasperado por la incalificable obstinación de su adversario, quiso tentar a Barbicane dejándole todas las ventajas.

Barbicane siguió terco en su negativa. ¿A cien yardas? Ni a setenta y cinco.

—A cincuenta —exclamó el capitán insertando su desafío en todos los periódicos—; colocaré mi plancha a veinticinco yardas del cañón, y yo me colocaré detrás de ella.

Barbicane hizo contestar que aun cuando el capitán Nicholl se colocase delante, no dispararía un solo tiro.

Nicholl, al oír esta contestación, no pudo contenerse y se deshizo en insultos; dijo que la cobardía era indivisible, que el que se niega a tirar un cañonazo está muy cerca de tener miedo al cañón; que, en suma, los artilleros que se baten a seis millas de distancia han reemplazado prudentemente el valor individual por las fórmulas matemáticas, y que hay por lo menos tanto valor en aguardar tranquilamente una bala detrás de una plancha como en enviarla según todas las reglas del arte.

Siguió Barbicane haciéndose el sordo. O tal vez no tuvo noticia de la provocación, absorbido enteramente como estaba entonces por los cálculos de su grande empresa.

Cuando dirigió al *Gun-Club* su famosa comunicación, el capitán Nicholl se salió de sus casillas; mezclábanse con su cólera una suprema envidia y un sentimiento absoluto de impotencia. ¿Cómo inventar algo superior a aquel *columbiad* de novecientos pies? ¿Qué coraza podía idearse para resistir un proyectil de treinta mil libras?

Nicholl quedó abatido, aterrado, anonadado por aquel cañón, pero luego se reanimó y resolvió aplastar la proposición bajo el peso de sus argumentos.

Atacó con violencia los trabajos del *Gun-Club,* publicó al efecto numerosas cartas que los periódicos reprodujeron. Quiso demoler científicamente la obra de Barbicane. Empeñado el combate, se valió de razones de todo género con harta frecuencia especiosas y rebuscadas.

Empezó a combatir a Barbicane por sus cifras. Se esforzó en probar por «A+B» la falsedad de sus fórmulas, y le acusó de ignorar los principios rudimentarios de la balística. Echó cálculos para demostrar, amén de otros errores, que era absolutamente imposible dar a un cuerpo cualquiera una velocidad de doce mil yardas por segundo; con el álgebra en la mano sostuvo que aun en el supuesto de que se consiguiera esta velocidad, jamás un proyectil tan pesado traspasaría los límites de la atmósfera terrestre. Ni siquiera iría más allá de ocho leguas. Más aún, suponiendo adquirida la velocidad suficiente, la granada no resistiría la presión de los gases desarrollados por la combustión de un millón seiscientas mil libras de pólvora, y aunque la resistiera, no soportaría una temperatura semejante, se fundiría al salir del *columbiad,* y convertida en lluvia de hierro derretido caería sobre el cráneo de los imprudentes espectadores.

Barbicane, sin hacer caso de estos ataques, continuó su obra.

Entonces Nicholl miró la cuestión bajo otros aspectos. Dejando a un lado su inutilidad absoluta, consideró el experimento como muy peligroso para los ciudadanos que autorizasen con su presencia tan reprobado espectáculo y para las poblaciones próximas a aquel cañón vituperable. Hizo notar también que el proyectil, si no alcanzaba, como no lo alcanzaría, el objetivo a que se le destinaba, caería, y la caída de una mole semejante, multiplicada por el cuadrado de su velocidad, comprometería singularmente algún punto del globo. Sin atacar los derechos de los ciudadanos, había llegado el caso en que la intervención del Gobierno era de absoluta necesidad, pues no era justo comprometer la seguridad de todos por el capricho de uno solo.

Véase a qué exageraciones se dejaba arrastrar el capitán Nicholl. Nadie participaba de su opinión, ni tuvo en cuenta sus funestos pronósticos. Se le dejó gritar y desgañitarse cuanto le diera la gana. Así quedó constituido el capitán en defensor de una causa perdida de antemano; se le oía, pero no se le escuchaba, y no privó al presidente del *Gun-Club* ni de uno solo de sus admiradores. Barbicane no se tomó siquiera la molestia de contestar a los argumentos de su implacable rival.

Acorralado en sus últimas trincheras, Nicholl, ya que no podía pagar con su persona, resolvió pagar con su dinero.

En el *Enquirer,* de Richmond, propuso públicamente una serie de apuestas en la forma siguiente...

Apostó:

		Dólares
1.º	A que no se reunirían los fondos necesarios para llevar a cabo la empresa del *Gun-Club*	1000
2.º	A que la fundición de un cañón de 900 pies resultaría impracticable y no tendría buen éxito	2000
3.º	A que sería imposible cargar el *columbiad,* y a que la pólvora se inflamaría por la sola presión del proyectil	3000
4.º	A que el *columbiad* reventaría al primer disparo . . .	4000
5.º	A que la bala no alcanzaría a más de 6 millas y caería a los pocos segundos de haberla disparado	5000

Como se ve, era importante la suma que, en su obstinación invencible, arriesgaba el capitán. Tratábase nada menos que de 15 000 dólares.

A pesar de la importancia de la apuesta, recibió el 19 de mayo un pliego lacrado. Era lacónico.

«Baltimore, 18 de octubre.
Aceptadas.

BARBICANE».

CAPÍTULO XI

Florida y Tejas

Una cuestión faltaba por resolver, y era la elección del lugar favorable al experimento. El observatorio de Cambridge había recomendado con interés que el disparo se dirigiese perpendicularmente al plano del horizonte, es decir, hacia el cenit, y la Luna no sube al cenit sino en los lugares situados entre 1° y 28° de latitud, o, lo que es lo mismo, la declinación de la Luna no es más que de 28 grados[35]. Tratábase, pues, de determinar exactamente el punto del globo en que se había de fundir el inmenso *columbiad*.

El 20 de octubre, hallándose reunido el *Gun-Club* en sesión general, Barbicane se presentó con un magnífico mapa de los Estados Unidos de Z. Belltropp. Pero sin darle tiempo de desplegarlo, J. T. Maston pidió la palabra con su habitual vehemencia, y se expresó en los siguientes términos:

—Dignísimos colegas, la cuestión que vamos a debatir tiene una importancia verdaderamente nacional, y va a deparanos la ocasión de ejercer un gran acto de patriotismo.

Los miembros del *Gun-Club* se miraron unos a otros sin comprender adónde iría a parar el orador.

—Ninguno de vosotros —prosiguió este— ha pensado ni pensará nunca en transigir con la gloria de su país, y si hay algún derecho que la Unión pueda reivindicar es el fundir en su propio seno el formidable cañón del *Gun-Club*. Así, pues, en las circunstancias actuales...

—Insigne Maston... —dijo el presidente.

—Permitidme expresar mi pensamiento —repuso el orador—. En las circunstancias actuales, tenemos que buscar un sitio bastante cerca del ecuador, para que el experimento se haga en buenas condiciones...

[35] La declinación de un astro es su latitud en la esfera terrestre, la ascensión recta es la longitud. *(N. del T.)*

—Si me dejáis hablar... —dijo Barbicane.

—Pido que no se opongan obstáculos a la libre discusión de las ideas —repuso el displicente J. T. Maston—, y sostengo que el territorio desde el cual se lance nuestro glorioso proyectil, debe ser parte integrante de la Unión.

—¡Sin duda! —respondieron algunos miembros.

—¡Pues bien! Puesto que nuestras fronteras no son bastante extensas, puesto que al sur nos opone el océano una barrera insuperable, puesto que tenemos necesidad de ir a buscar más allá de los Estados Unidos este 28° paralelo que nos es tan preciso, se nos presenta un *casus belli* legítimo y pido que se declare la guerra a México.

—¡No! ¡No! —exclamaron muchas voces al unísono.

—¿Conque no? —replicó J. T. Maston—. «No», es un monosílabo que me resulta totalmente incomprensible en este recinto.

—¡Pero, escuchad...!

—¡No puedo escuchar nada! —exclamó el fogoso orador—. Tarde o temprano la guerra se hará, y pido que estalle hoy mismo.

—¡Maston! —dijo Barbicane, haciendo sonar el timbre con estrépito—. ¡Os suplico que no sigáis hablando!

Maston quiso replicar, pero algunos de sus colegas pudieron contenerle.

—Convengo —dijo Barbicane— en que el experimento no se puede ni se debe intentar sino en territorio de la Unión, pero si mi impaciente amigo me hubiese dejado hablar, si hubiese con la vista recorrido este mapa, sabría que es perfectamente inútil declarar la guerra a nuestros vecinos, en atención a que ciertas fronteras de los Estados Unidos se extienden más allá del 28° paralelo. Mirad el mapa y veréis que tenemos a nuestra disposición, sin salir de nuestro país, toda la parte meridional de Tejas y de Florida.

El incidente no tuvo consecuencias, si bien a J. T. Maston le costó no poco dejarse convencer. Se decidió fundir el *columbiad* en el suelo de Tejas o en el de Florida.

Pero esta decisión debía crear una rivalidad sin ejemplo entre las ciudades de estos dos Estados.

En la costa americana, el 28° paralelo atraviesa la península de Florida y la divide en dos partes casi iguales. Después, cruzando el golfo de México, se apoya en los extremos del arco formado por las costas de Alabama, Misisipi y Luisiana. Entonces, abordando Tejas, de la que corta un ángulo, se prolonga por México, salva Sonora, pasa por encima de la antigua California y se pierde en los mares del Pacífico. Situadas debajo de este paralelo, no había mas que las porciones de Tejas y Florida que se hallasen en las condiciones de latitud recomendadas por el observatorio de Cambridge.

En su parte meridional, Florida, erizada de fuertes levantados contra los indios nómadas, no tiene ciudades de importancia. Tampa es la única población que por su situación merece tenerse en cuenta.

En Tejas las ciudades son más numerosas e importantes. Corpus Christi, en el distrito de Nueces, y todas las poblaciones situadas en el río Bravo: Laredo, Realitos, San Ignacio, Webb, Roma, Río Grande City Pharr, Edimburgo, Hidalgo, Santa Rita, Panda, Brownsville, La Feria y San Manuel formaron contra las pretensiones de Florida una liga imponente.

Los diputados tejanos y floridenses, apenas conocieron la decisión, se trasladaron a Baltimore por el camino más corto, y desde entonces el presidente Barbicane y los miembros más influyentes del *Gun-Club* se vieron día y noche asediados por formidables reclamaciones.

Con menos afán se disputaron siete ciudades de Grecia la gloria de haber sido la cuna de Homero que el Estado de Tejas y el de Florida la de ver fundir un cañón en su regazo.

Aquellos *feroces hermanos* recorrían armados las calles de Baltimore. Era inminente un conflicto de incalculables consecuencias. Afortunadamente, la prudencia y el buen tacto del presidente Barbicane conjuraron el peligro. Las demostraciones personales hallaron un derivativo en los periódicos de varios Estados. En tanto que el *New York Herald* y la *Tribune* se declaraban partidarios de Tejas, el *Times* y el *American Review* se constituían en órganos de los diputados floridenses. Los miembros del *Gun-Club* estaban perplejos.

Tejas hacía orgulloso alarde de sus veintiséis condados, que parecía poner en batería; pero Florida contestaba que, siendo ella un país seis veces más pequeño, tenía doce condados que son relativamente a la extensión del territorio más que los veintiséis de Tejas.

Tejas sacaba a relucir sus 300 000 habitantes, pero Florida, menos extensa, se consideraba más poblada con sus 56 000. Acusaba a Tejas de tener una variedad de fiebres palúdicas que costaban la vida todos los años a algunos miles de habitantes. Y, desde luego, tenía razón.

Tejas, a su vez, replicaba que Florida, respecto a fiebres, nada tenía que envidiar a nadie, y que no era prudente que acusase de insalubres a otros países un Estado que tenía la honra de poseer entre sus enfermedades endémicas el vómito negro. Y Tejas tenía razón también.

Además, añadían los tejanos en el *New York Herald,* algunas consideraciones merece un Estado que produce el mejor algodón de América y la mejor madera de construcción para buques, y que encierra también en sus entrañas soberbio carbón de piedra y minas de hierro que dan un cincuenta por ciento de mineral puro.

A esto el *American Review* contestaba que el suelo de Florida, sin ser tan rico, ofrecía mejores condiciones para fundir y vaciar el *columbiad,* porque estaba compuesto de arena y arcilla.

—Pero —replicaban los tejanos— antes de fundir algo, sea lo que quiera, en un país, es preciso llegar al país, y las comunicaciones con Florida son difíciles, al paso que la costa de Tejas ofrece la bahía de Galveston, que tiene catorce leguas de extensión y podría contener holgadamente a todas las escuadras del mundo.

—¡Bueno! —repetían los periódicos defensores de Florida—. ¡Gran cosa tenéis en vuestra bahía de Galveston, situada encima del 29° paralelo! ¿No tenemos acaso nosotros la bahía del Espíritu Santo, abierta precisamente al 28° de latitud, y por la cual los buques llegan directamente a Tampa?

—¡Magnífica bahía! —respondía sarcásticamente Tejas—. ¡Una bahía medio cegada!

—¡Vosotros sois los que estáis cegados por la pasión! —exclamaba Florida—. ¡Cualquiera, al oíros, diría que yo soy un país de salvajes!

—La verdad es que los seminolas recorren vuestras praderas.

—¿Y vuestros apaches y comanches son gente civilizada?

Después de algunos días de dimes y diretes, Florida llamó a su adversario a otro terreno, y una mañana el *Times* insinuó que siendo la empresa *esencialmente americana,* no podía llevarse a cabo sino en un terreno *esencialmente americano.*

A estas palabras, Tejas se salió de sus casillas.

—¡Americanos! —exclama—. ¿No lo somos tanto nosotros como vosotros? ¿Tejas y Florida no se incorporaron los dos a la Unión en 1845?

—Sin duda —respondió el *Times*—, pero nosotros pertenecemos a los americanos desde 1820.

—Ya lo creo —replicó la *Tribune*—. ¡Después de haber sido españoles o ingleses por espacio de doscientos años, os vendieron a los Estados Unidos por cinco millones de dólares!

—¡Qué importa! —replicaron los floridenses—. ¿Debemos por ello avergonzarnos? En 1903, ¿no fue comprada la Luisiana a Napoleón por dieciséis millones de dólares?

—¡Qué vergüenza! —exclamaron entonces los diputados de Tejas—. ¡Un miserable pedazo de tierra como Florida ponerse en parangón con Tejas, que, en lugar de venderse, se hizo ella misma independiente, expulsó a los mejicanos el 2 de marzo de 1836 y se declaró república federal después de la victoria alcanzada por Samuel Houston en las márgenes del San Jacinto sobre las tropas de Santana! ¡Un país, en fin, que se anexionó voluntariamente a los Estados Unidos de América!

—¡Sí, por miedo a los mejicanos! —respondió Florida.

¡Miedo! Desde el momento que se pronunció esta palabra, demasiado fuerte, en realidad, la posición se hizo intolerable. Era de temer un degüello de los dos partidos en las calles de Baltimore. Necesidad hubo de poner centinelas a los diputados.

El presidente Barbicane se hallaba metido en un atolladero. Llegaban continuamente a sus manos notas, documentos y cartas preñadas de amenazas. ¿Qué partido había de tomar? Bajo el punto de vista de la posición, facilidad de las comunicaciones y rapidez de los transportes, los derechos de los dos Estados eran perfectamente iguales. En cuanto a las personalidades políticas, nada tenían que ver en el asunto.

La vacilación y la perplejidad se habían prolongado ya mucho y ofrecían visos de perpetuarse, por lo que Barbicane trató de salir resueltamente al paso ocurriéndosele una solución que era indudablemente la más discreta.

—Todo bien considerado —dijo—, es evidente que las dificultades suscitadas por la rivalidad de Tejas y Florida se producirán entre las ciudades del Estado favorecido. La rivalidad descenderá del género a la especie, del Estado a la ciudad, y no habremos adelantado nada. Pero Tejas tiene once ciudades que gozan de las condiciones requeridas, y las once, disputándose el honor de la empresa, nos crearán nuevos conflictos, al paso que Florida no tiene más ciudades que Tampa. Optemos, pues, por Florida.

Esta disposición, apenas fue conocida, puso a los diputados de Tejas de un humor de perros. Se apoderó de ellos un furor indescriptible, y dirigieron insultos desmedidos a los distintos miembros del *Gun-Club*. Los magistrados de Baltimore no podían tomar más que un partido, y lo tomaron. Mandaron preparar un tren especial, metieron en él de grado o a la fuerza a los tejanos, y les hicieron abandonar la ciudad con una rapidez de treinta millas por hora.

Pero, por precipitado que fuese su forzoso viaje, tuvieron tiempo de echar un último sarcasmo amenazador a sus adversarios.

Aludiendo a la poca extensión de Florida, península en miniatura encerrada entre dos mares, se consolaron con la idea de que no resistiría al sacudimiento del disparo y saltaría al primer cañonazo.

—¡Que salte! —respondieron los floridenses, con un laconismo digno de los tiempos antiguos.

CAPÍTULO XII

Urbi et orbi

Resueltas las dificultades astronómicas, mecánicas y topográficas, se presentaba la cuestión económica. Tratábase nada menos que de procurarse una enorme cantidad para la ejecución del proyecto. Ningún particular, ningún Estado hubiera podido disponer de los millones necesarios.

Por más que la empresa fuese americana, el presidente Barbicane tomó el partido de darle un carácter de universalidad para poder pedir su cooperación a todas las naciones. Era a la vez un derecho y un deber de toda la Tierra intervenir en los negocios de su satélite. Abriose con este objeto una suscripción que se extendió desde Baltimore al mundo entero. *Urbi et orbi.*

La suscripción debía tener un éxito superior a todas las esperanzas. Tratábase, sin embargo, de un donativo, y no de un préstamo. La operación, en el sentido literal de la palabra, era puramente desinteresada, sin la más remota probabilidad de beneficio.

Pero el efecto de la comunicación de Barbicane no se había limitado a las fronteras de los Estados Unidos, sino que había salvado el Atlántico y el Pacífico, y había invadido a la vez Asia y Europa, África y Oceanía. Los observadores de la Unión se pusieron inmediatamente en contacto con los de los países extranjeros. Algunos, los de París, San Petersburgo, El Cabo, Berlín, Altona, Estocolmo, Varsovia, Hamburgo, Budapest, Bolonia, Malta, Lisboa, Benarés, Madrás y Pekín cumplimentaron al *Gun-Club;* los demás se encerraron en una prudente expectativa.

En cuanto al Observatorio de Greenwich, con el beneplácito de los otros veintidós establecimientos astronómicos de la Gran Bretaña, no se anduvo en chiquitas ni paños calientes, sino que negó terminantemente la posibilidad del éxito, y se colocó sin vacilar en las filas del capitán Nicholl, cuyas teorías prohijó sin la menor reserva.

Así es que, en tanto que otras ciudades científicas prometían enviar delegados a Tampa, los astrónomos de Greenwich, acordaron, en una sesión especial, no darse por enterados de la proposición de Barbicane. ¡A tanto llega la envidia inglesa!

Pero el efecto fue excelente en el mundo científico en general, desde el cual se propagó a todas las clases de la sociedad, que acogieron el proyecto con el mayor entusiasmo. Este hecho era de una importancia inmensa tratándose de una suscripción para reunir un capital considerable.

El 8 de octubre, el presidente Barbicane redactó un manifiesto capaz de entusiasmar a las piedras, en el cual hacía un llamamiento *a todos los hombres de buena voluntad que pueblan la Tierra.* Aquel documento, traducido a todos los idiomas, tuvo un éxito portentoso.

Se abrió suscripción en las principales ciudades de la Unión para centralizar fondos en el Banco de Baltimore, 9 Baltimore Street, y luego se establecieron también centros de suscripción en los diferentes países de los dos continentes:

En Viena, S. M. Rothschild.
En San Petersburgo, Stieglitz y Compañía.
En París, el Crédito Mobiliario.
En Estocolmo, Tottie y Arfuredson.
En Londres, N. M. Rothschild e Hijos.
En Turín, Ardouin y Compañía.
En Berlín, Mendelsohn.
En Ginebra, Lombard Odier y Compañía.
En Constantinopla, el Banco Otomano.
En Bruselas, S. Lambert.
En Madrid, Daniel Weisweiller.
En Amsterdam, el Crédito Neerlandés.
En Roma, Torlonia y Compañía.
En Lisboa, Lecesno.
En Copenhague, el Banco Privado.
En Buenos Aires, el Banco Maun.
En Río de Janeiro, la misma casa.
En Montevideo, la misma casa.
En Valparaíso, Tomás La Chambre y Compañía.

En México, Martín Durán y Compañía.
En Lima, Tomás La Chambre y Compañía.

Tres días después del manifiesto del presidente Barbicane se habían recaudado en las varias ciudades de la Unión cuatro millones de dólares[36], con los cuales el *Gun-Club* pudo empezar los trabajos.

Algunos días después se supo en América, por partes telegráficos, que en el extranjero se cubrían las suscripciones con una rapidez asombrosa. Algunos países se distinguían por su generosidad, pero otros no soltaban el dinero tan fácilmente. Cuestión de temperamento.

Rusia, para cubrir su contingente, aportó la enorme suma de 368 733 rublos[37].

Francia empezó riéndose de la pretensión de los americanos. Sirvió la Luna de pretexto a mil chanzonetas y retruécanos trasnochados y a dos docenas de sainetes en que el mal gusto y la ignorancia andaban a la greña. Pero así como en otro tiempo los franceses soltaron la mosca después de cantar, la soltaron esta vez después de reír, y se suscribieron por una cantidad de 253 930 francos. A este precio, derecho tenían a divertirse un poco.

Austria, atendido el mal estado de su hacienda, se mostró bastante generosa. Su parte en la contribución pública se elevó a la suma de 216 000 florines, que fueron bien recibidos[38].

Suecia y Noruega enviaron 52 000 *rixdales*[39], que, en relación al país, son una cantidad considerable, pero hubiera sido mayor aún si se hubiese abierto suscripción en Cristianía al mismo tiempo que en Estocolmo. Por no sabemos qué razón, a los noruegos no les gusta enviar su dinero a Suecia.

Prusia demostró la consideración que le mereció la empresa enviando 250 000 táleros[40]. Todos sus observatorios se suscribieron por una cantidad importante, y fueron los que más procuraron alentar al presidente Barbicane.

Turquía se condujo generosamente, pues siendo la Luna quien regula el curso de sus años y su ayuno del Ramadán, se hallaba

---

36 21 680 000 francos. *(N. del T.)*
37 1 475 000 francos. *(N. del T.)*
38 520 000 francos. *(N. del T.)*
39 294 323 francos. *(N. del T.)*
40 937 500 francos. *(N. del T.)*

personalmente interesada en el asunto. No podía enviar menos de 1 372 640 piastras[41], y las dio con una espontaneidad que revelaba, sin embargo, cierto interés del Gobierno otomano.

Bélgica se distinguió entre todos los Estados de segundo orden con un donativo de 513 000 francos, que vienen a corresponder a doce céntimos por habitante.

Holanda y sus colonias se interesaron en la cuestión por 110 000 florines[42], pidiendo sólo una rebaja del 5 por 100 por pagarlos al contado.

Dinamarca, cuyo territorio es muy limitado, dio, sin embargo, 9000 ducados finos[43], lo que prueba la afición de los dinamarqueses a las expediciones científicas.

La confederación germánica contribuyó con 34 285 florines[44]. Pedirle más hubiera sido gollería, y aunque se lo hubieran pedido, ella no lo hubiera dado.

Italia, aunque muy entrampada, encontró 200 000 liras en los bolsillos de sus hijos, lo que los dejó limpios como una patena. Si hubiese tenido Venecia hubiera dado más; pero no la tenía.

Los Estados de la Iglesia no creyeron prudente enviar menos de 7040 escudos romanos[45], y Portugal llegó a desprenderse por la ciencia hasta de 30 000 cruzados[46].

En cuanto a México, no pudo dar más que 86 000 pesos fuertes[47], pues los imperios que se están fundando andan algo apurados.

Doscientos cincuenta y siete francos fueron el modesto tributo de Suiza para la obra americana... Digamos francamente que Suiza no acertaba a ver el lado práctico de la operación; no le parecía que el acto de enviar una bala a la Luna fuese de tal naturaleza que estableciese relaciones diplomáticas con el astro de la noche, y se le antojó que era poco prudente aventurar sus capitales en una empresa tan aleatoria. Si bien se medita, Suiza tenía, tal vez, razón.

---

[41] 343 160 francos. *(N. del T.)*
[42] 235 400 francos. *(N. del T.)*
[43] 117 414 francos. *(N. del T.)*
[44] 72 000 francos. *(N. del T.)*
[45] 38 000 francos. *(N. del T.)*
[46] 113 200 francos. *(N. del T.)*
[47] 1727 francos. *(N. del T.)*

Respecto a España, no pudo reunir más que ciento diez reales. Dio por excusa de su mezquindad que tenía que concluir sus caminos de hierro. La verdad es que la ciencia en aquel país no está muy considerada. Se halla aún aquel país algo atrasado. Y, además, ciertos españoles, y no de los menos instruidos, no sabían darse cuenta exacta del peso del proyectil, comparado con el de la Luna, y temían que la sacase de su órbita; que la turbase en sus funciones de satélite y provocase su caída sobre la superficie del globo terráqueo. Por lo que pudiera tronar, lo mejor era abstenerse. Así se hizo, salvo unos cuantos realejos.

Quedaba Inglaterra. Conocida es la desdeñosa antipatía con que acogió la proposición de Barbicane. Los ingleses no tienen más que una sola alma para los veinticinco millones de habitantes que encierra la Gran Bretaña. Dieron a entender que la empresa del *Gun-Club* era contraria al principio de no intervención, y no soltaron ni un cuarto.

A esta noticia, el *Gun-Club* se contentó con encogerse de hombros y siguió su negocio. En cuanto a la América del Sur: Perú, Chile, Brasil, las provincias de la Plata, Colombia, remitieron a los Estados Unidos 300 000 pesos[48]. El *Gun-Club* se encontró con un capital considerable, cuyo resumen es el siguiente:

Suscripción de los Estados Unidos:	4 000 000 dólares.
Suscripciones extranjeras:	1 446 675 dólares.
Total:	5 446 675 dólares.

5 446 675 dólares[49] entraron, como resultado de la suscripción, en la caja del *Gun-Club*.

A nadie sorprenda la importancia de la suma. Los trabajos de fundición, taladro y albañilería, el transporte de los operarios, su permanencia en un país casi inhabitado, la construcción de hornos y andamios, las herramientas, la pólvora, el proyectil y los gastos imprevistos, debían, según el presupuesto, consumirse casi completamente. Algunos cañonazos de la guerra federal costaron mil dólares,

---

48 59 000 francos. *(N. del T.)*

49 Alrededor de 29,5 millones de francos. *(N. del T.)*

y, por consiguiente, bien podía costar cinco mil veces más el del presidente Barbicane, único en los fastos de la artillería.

El 20 de octubre se ajustó un contrato con la fábrica de fundición de Goldspring, cerca de Nueva York, la cual se comprometió a transportar a Tampa, en la Florida meridional, el material necesario para la fundición del *columbiad*.

Todo lo más tarde, la operación debía quedar terminada el 15 del próximo octubre, y entregado el cañón en buen estado, bajo pena de una indemnización de cien dólares por día hasta el momento de volverse a presentar la Luna en las mismas condiciones requeridas, es decir, hasta haber transcurrido dieciocho años y once días.

El ajuste y pago de salario de los trabajadores y las demás atenciones de esta índole, eran de cuenta de la Compañía de Goldspring.

Este convenio, hecho por duplicado y de buena fe, fue firmado por I. Barbicane, presidente del *Gun-Club,* y por J. Murphison, director de la fábrica de Goldspring, que aprobaron la escritura.

CAPÍTULO XIII
Stone's Hill

Hecha ya la elección por los miembros del *Gun-Club,* en detrimento de Tejas, los americanos de la Unión, que saben todos leer, se impusieron la obligación de estudiar la geografía de La Florida. Nunca jamás habían vendido los libreros tantos ejemplares de *Eartram's travel in Florida,* de *Roman's natural history of East and West Florida,* de *William's territory of Florida,* de *Cleland on the culture of the Sugar, Cane in East Florida.* Fue necesario tirar nuevas ediciones. Aquello era un delirio.

Barbicane tenía que hacer algo más que leer; quería ver con sus propios ojos y marcar el sitio del *columbiad.* Sin pérdida de un instante puso a disposición del observatorio de Cambridge los fondos necesarios para la construcción de un telescopio, y entró en tratos con la casa Breadwill y Compañía, de Albany, para la fabricación del proyectil de aluminio. Enseguida partió de Baltimore, acompañado de J. T. Maston, del mayor Elphiston y del director de la fábrica de Goldspring.

Al día siguiente, los cuatro compañeros de viaje llegaron a Nueva Orleans, donde se embarcaron inmediatamente en el *Tampico,* navío de la marina federal que el Gobierno ponía a su disposición, y, calentadas las calderas, las orillas de la Luisiana desaparecieron luego de su vista.

La travesía no fue larga. Dos días después de partir el *Tampico,* que había ganado 480 millas, distinguiose la costa floridense. Al acercarse a esta, Barbicane se halló en presencia de una tierra baja, llana, de aspecto bastante árido. Después de haber costeado una cadena de ensenadas materialmente cubiertas de ostras y cangrejos, el *Tampico* entró en la bahía del Espíritu Santo.

Dicha bahía se divide en dos radas prolongadas: la rada de Tampa y la rada de Hillisboro, por cuya boca penetró el buque. Poco tiempo después, el fuerte Broke descubrió sus baterías rasantes por encima de las olas, y apareció la ciudad de Tampa, negligentemente echada en el fondo de un puertecillo natural formado por la desembocadura del río Hillisboro.

Allí fondeó el *Tampico* el 22 de octubre, a las siete de la tarde, y los cuatro pasajeros desembarcaron inmediatamente.

Barbicane sintió palpitar con violencia su corazón al pisar la tierra floridense; parecía tantearla con el pie, como hace un arquitecto con una casa cuya solidez desea conocer; J. T. Maston escarbaba el suelo con su mano postiza.

—Señores —dijo entonces Barbicane—, no tenemos tiempo que perder, y mañana mismo montaremos a caballo para empezar a recorrer el país.

Barbicane, en el momento de saltar a tierra, vio que le salían al encuentro los tres mil habitantes de la ciudad de Tampa. Bien merecía este honor el presidente del *Gun-Club,* que les había dado la preferencia. Fue acogido con formidables aclamaciones; pero él se sustrajo a la ovación, se encerró en un cuarto de la fonda *Franklin* y no quiso recibir a nadie. Decididamente, no se avenía su carácter con el oficio de hombre célebre.

Al día siguiente, 23 de octubre, algunos caballos de raza española, de poca alzada, pero de mucho vigor y brío, relinchaban debajo de sus ventanas. Pero no eran cuatro, sino cincuenta, con sus correspondientes jinetes. Barbicane, acompañado de sus tres camaradas, bajó y se asombró de pronto, viéndose en medio de aquella cabalgata. Notó que cada jinete llevaba una carabina a la bandolera y un par de pistolas en el cinto. Un joven floridense le explicó inmediatamente la razón que había para aquel aparato de fuerzas.

—Señor —dijo—, hay semínolas.

—¿Qué son semínolas?

—Salvajes que recorren las praderas, y nos ha parecido prudente escoltaros.

—¡Bah! —dijo desdeñosamente J. T. Maston montando a caballo.

—Siempre es bueno —respondió el floridense— tomar precauciones.

—Señores —repuso Barbicane—, os agradezco vuestra atención, y partamos.

La cabalgata se puso en movimiento y desapareció en una nube de polvo. Eran las cinco de la mañana; el sol resplandecía ya, y el termómetro señalaba 84 °F[50], pero frescas brisas del mar moderaban la temperatura excesiva.

Barbicane, al salir de Tampa, bajó hacia el sur y siguió la costa, ganando el *creek*[51] de Alifia. Aquel arroyo desagua en la bahía de Hillisboro, doce millas al sur de Tampa. Barbicane y su escolta costearon la orilla derecha, remontando hacia el este. Las olas de la bahía desaparecieron luego detrás de un accidente del terreno, y únicamente se ofreció a su vista la campiña.

La Florida se divide en dos partes: una, al norte, más populosa, menos abandonada, tiene por capital a Tallahassee, y posee uno de los principales arsenales marítimos de los Estados Unidos, que es Pensacola; la otra, colocada entre los Estados Unidos y el golfo de México, que la estrechan con sus aguas, no es más que una angosta península roída por la corriente del *Gulf Stream,* punta de tierra perdida en medio de un pequeño archipiélago, a la que doblan incesantemente los numerosos buques del canal de Bahama. Aquella punta es el centinela avanzado del golfo de las grandes tempestades. Tiene aquel Estado una superficie de 38 033 267 acres[52], entre los cuales había que escoger uno situado más allá del 28° paralelo que conviniese a la empresa, por lo que Barbicane, sin apearse, examinaba atentamente la configuración del terreno y su distribución particular.

La Florida, descubierta por Juan Ponce de León el Domingo de Ramos de 1512, debió a esta circunstancia el nombre que llevaba en un principio de Pascua Florida. No la hacían en verdad muy digna de él sus costas áridas y abrasadas. Pero a algunas millas de la playa, la naturaleza del terreno se fue modificando poco a poco, y el país se mostró acreedor a su denominación primitiva. Entrecortaba el terreno una red de *creeks,* ríos, manantiales, estanques y lagos, que le daba un aspecto parecido al que tienen Holanda y Guayana; pero el campo se elevó sensiblemente y no tardó en ostentar sus llanuras cultivadas, en que se daban admirablemente todas las producciones vegetales del norte y del mediodía. El sol de los trópicos y las aguas

---

[50] 28 °C. *(N. del T.)*

[51] Arroyo. *(N. del T.)*

[52] 151 975 kilómetros cuadrados *(N. del T.)*

conservadas por la arcilla del terreno, pagan todos los gastos de cultivo de su inmensa vega. Praderas de ananás, de icacos, de tabaco, de arroz, de algodón y de caña de azúcar, que se extienden a cuanto alcanza la vista, ofrecen sus riquezas con la prodigalidad más espontánea.

Mucho satisfacía a Barbicane la elevación progresiva del terreno, y cuando J. T. Maston le interrogó acerca del particular, le respondió:

—Amigo mío, tenemos el mayor interés en fundir nuestro *columbiad* en un terreno alto.

—¿Para estar más cerca de la Luna? —preguntó con sorna el secretario del *Gun-Club*.

—No —respondió Barbicane sonriéndose—. ¿Qué importan algunas toesas más o menos? Pero en terrenos altos la ejecución de nuestros trabajos será más fácil, no tendremos que luchar con las aguas, lo que nos permitirá prescindir de un largo y penoso sistema de tuberías, cosa digna de consideración cuando se trata de abrir un pozo de 900 pies de profundidad.

—Tenéis razón —dijo el ingeniero Murchisson—. Debemos, en cuanto podamos, evitar los cursos de agua durante la perforación; pero si encontramos manantiales, no hay que amilanarse por eso, los agotaremos con nuestras máquinas o los desviaremos. No se trata de un pozo artesiano, estrecho y oscuro, en el que la terraja, el cubo, la sonda, en una palabra, todos los instrumentos del perforador, trabajan a ciegas. No. Nosotros trabajaremos al aire libre, a plena luz, con el azadón o el pico en la mano, y con el auxilio de los barrenos saldremos pronto del paso.

—Sin embargo —respondió Barbicane—, si por la elevación o naturaleza del terreno podemos evitar una lucha con las aguas subterráneas, el trabajo será más rápido y saldrá más perfecto. Procuremos, pues, abrir nuestra zanja en un terreno situado a algunos centenares de toesas sobre el nivel del mar.

—Tenéis razón, señor Barbicane; y, si no me engaño, no tardaremos en encontrar el sitio que nos conviene.

—¡Ah! Ya quisiera haber dado el primer azadonazo —dijo el presidente.

—¡Y yo el último! —exclamó J. T. Maston.

—Todo se andará, señores —respondió el ingeniero—, y, creedme, la Compañía de Goldspring no tendrá que pagar indemnización alguna por causa de retraso.

—¡Por Santa Bárbara que tenéis razón! —replicó J. T. Maston—. Cien dólares por día hasta que la Luna se vuelva a presentar en las mismas condiciones, es decir, durante dieciocho años y once días, constituirían una suma de 650 000 dólares. ¿Sabíais eso?

—Ni tenemos necesidad de saberlo —respondió el ingeniero.

A cosa de las diez de la mañana, la comitiva había avanzado unas doce millas. A los campos fértiles sucedió entonces la región de los bosques. Allí se presentaban las esencias más variadas con una profusión tropical. Aquellos bosques casi impenetrables estaban formados de granados, naranjos, limoneros, higueras, olivos, albaricoqueros, bananeros y cepas de viña, cuyos frutos y flores rivalizaban en colores y perfumes. A la olorosa sombra de aquellos árboles magníficos, cantaban y volaban numerosísimas aves de brillantes colores, entre las cuales se distinguían muy particularmente las cangrejeras, cuyo nido debería ser un estuche de guardar joyas para ser digno de su magnífico y variado plumaje.

J. T. Maston y el mayor no podían hallarse en presencia de aquella naturaleza opulenta sin admirar su espléndida belleza.

Pero el presidente Barbicane, poco sensible a tales maravillas, tenía prisa en seguir adelante. Aquel país tan fértil le desagradaba por su fertilidad misma. Sin ser hidróscopo sentía el agua bajo sus pies, y buscaba, aunque en vano, señales de una aridez incontestable.

Se siguió avanzando, y hubo que vadear varios ríos, no sin algún peligro, porque estaban infestados dc caimanes de 15 a 18 pies de largo. J. T. Maston les amenazó con su temible mano postiza, pero sólo consiguió meter miedo a los pelícanos, yaguazas y faelones, salvajes habitantes de aquellas costas, mientras los grandes flamencos de color de rosa le miraban como embobados.

Aquellos huéspedes de las regiones húmedas desaparecieron a su vez, y árboles menos corpulentos se desparramaron por bosques menos espesos. Algunos grupos aislados se destacaron en medio de llanuras infinitas cruzadas por numerosas manadas de gansos azorados.

—¡Por fin llegamos! —exclamó Barbicane, levantándose sobre los estribos—. ¡He aquí la región de los pinos!

—Y la de los salvajes —respondió el mayor.

En efecto, algunos semínolas aparecían a lo lejos, agitándose, revolviéndose, corriendo de un lado a otro, montados en rápidos caballos, blandiendo largas lanzas o descargando fusiles de sordo estampido. Limitáronse a estas demostraciones hostiles, sin inquietar a Barbicane y a sus compañeros.

Estos ocupaban entonces el centro de una llanura pedregosa, vasto espacio descubierto de una extensión de algunos acres que sumergía el sol en abrasadores rayos. Estaba formada la llanura por una especie de dilatado entumecimiento del terreno, que ofrecía, al parecer, a los miembros del *Gun-Club* todas las condiciones que requería la colocación de su *columbiad.*

—¡Alto! —dijo Barbicane deteniéndose—. ¿Cómo se llama este sitio?

—Stone's Hill[53] —respondió uno de los floridenses.

Barbicane, sin decir una palabra, se apeó, sacó sus instrumentos y empezó a determinar la posición del sitio con la mayor precisión.

La escolta, agolpada en torno suyo, le examinaba en silencio.

El sol pasaba en aquel momento por el meridiano. Barbicane, después de algunas observaciones, apuntó rápidamente su resultado y dijo:

—Este sitio está situado a trescientas toesas sobre el nivel del mar, a los 27° 7' de latitud y 5° 7' de longitud Oeste 5; me parece que, por su naturaleza árida y pedregosa, presenta todas las condiciones que el experimento requiere; en esta llanura, pues, levantaremos nuestros almacenes, nuestros talleres, nuestros hornos, las chozas de los trabajadores y desde aquí, desde aquí mismo —repitió, golpeando con el pie en el suelo—, desde aquí, desde la cúspide de Stone's Hill, nuestro proyectil volará a los espacios del mundo solar.

---

[53] Colina de piedras. *(N. del T.)*

CAPÍTULO XIV

Pala y zapapico

Aquella misma tarde, Barbicane y sus compañeros regresaron a Tampa, y el ingeniero Murchisson embarcó de nuevo en el *Tampico* para Nueva Orleans. Tenía que contratar un ejército de trabajadores y recoger la mayor parte del material. Los miembros del *Gun-Club* se quedaron en Tampa a fin de organizar los primeros trabajos con la ayuda de la gente del país.

Ocho días después de su partida, el *Tampico* regresaba a la bahía del Espíritu Santo con una flotilla de buques de vapor. Murchisson había reunido quinientos trabajadores. En los malos tiempos de la esclavitud le hubiera sido imposible. Pero desde que América, la tierra de la libertad, no abrigaba en su seno más que hombres libres, estos acudían dondequiera que les llamaba un trabajo generosamente retribuido. Y el *Gun-Club* no carecía de dinero, y ofrecía a sus trabajadores un buen salario con gratificaciones considerables y proporcionadas. El operario reclutado para la Florida podía contar, concluidos los trabajos, con un capital depositado a su nombre en el Banco de Baltimore. Muchisson tuvo, pues, donde escoger, y pudo manifestarse severo respecto de la inteligencia y habilidad de sus trabajadores. Es de creer que formó su laboriosa legión con la flor y nata de los maquinistas, fogoneros, fundidores, mineros, albañiles y artesanos de todo género, negros o blancos, sin distinción de colores. Muchos partieron con su familia. Aquello era una verdadera emigración.

El 31 de octubre, a las diez de la mañana, la legión desembarcó en los muelles de Tampa, y fácilmente se comprende el movimiento y actividad que reinarían en aquella pequeña ciudad cuya población se duplicaba en un día. En efecto, Tampa debía ganar mucho con aquella iniciativa del *Gun-Club,* no precisamente por el número de trabajadores que se dirigieron inmediatamente a Stone's Hill, sino por la afluencia de curiosos que convergieron poco a poco de todos los puntos del globo hacia la península.

Se invirtieron los primeros días en descargar los utensilios que transportaba la flotilla, las máquinas, los víveres, e igualmente un gran número de casas de palastro compuestas de piezas desmontadas y numeradas. Al mismo tiempo, Barbicane trazaba un *railway* de quince millas para poner en comunicación Stone's Hill con Tampa.

Nadie ignora lo que es un trazado de tren americano. Caprichoso en sus curvas, atrevido en sus pendientes, despreciando terraplenes, desmontes y obras de ingeniería, escalando colinas, precipitándose por los valles; el *rail road* corre a ciegas y sin cuidarse de la línea recta, no es muy costoso, ni ofrece grandes dificultades de construcción, pero descarrila con suma facilidad. La línea de Tampa a Stone's Hill no fue más que una bagatela, y su construcción no requirió mucho tiempo ni tampoco mucho dinero.

Por lo demás, Barbicane era el alma de aquella muchedumbre que acudió a su llamamiento. Él la alentaba, la animaba y le comunicaba su energía y su entusiasmo; su persona se hallaba en todas partes, como si hubiese estado dotado del don de ubicuidad, seguido siempre de J. T. Maston, su mosca zumbadora. Con él no había obstáculos ni dificultades, ni contratiempos; era minero, albañil y maquinista tanto como artillero, teniendo respuestas para todas las preguntas y soluciones para todos los problemas. Estaba en correspondencia constante con el *Gun-Club* y con la fábrica de Goldspring, y día y noche, con las calderas encendidas, con el vapor en presión, el *Tampico* aguardaba sus órdenes en la rada de Hillisboro.

El día 1.º de noviembre, Barbicane salió de Tampa con un destacamento de trabajadores, y al día siguiente se había levantado alrededor de Stone's Hill una ciudad de casas metálicas que se cercó de empalizadas, la cual, por su movimiento, por su actividad, poco o nada tenía que envidiar a las mayores ciudades de la Unión. Se reglamentó cuidadosamente el régimen de vida y empezaron las obras.

Cortaduras escrupulosamente practicadas permitieron reconocer la naturaleza del terreno, y empezó la excavación el 4 de noviembre.

Aquel día, Barbicane reunió a los jefes de los talleres y les dijo:

—Todos conocéis, amigos míos, el objeto por el cual os he reunido en esta parte salvaje de Florida. Trátase de fundir un cañón de nueve pies de diámetro interior, seis pies de grueso en sus paredes y diecinueve y medio de revestimiento de piedra. Es, pues, preciso abrir una zanja que tenga de ancho sesenta pies y una profundidad de novecientos. Esta obra considerable debe concluirse en ocho meses, y, por consiguiente, tenéis que sacar, en doscientos cincuenta y cinco días, 2 543 200 pies cúbicos de tierra, es decir, diez mil pies cúbicos al día. Esto, que no ofrecería ninguna dificultad a mil operarios que trabajasen con holgura, será más penoso en un espacio relativamente limitado. Sin embargo, puesto que es un trabajo que se ha de hacer, se hará, para lo cual cuento tanto con vuestro ánimo como con vuestra destreza.

A las ocho de la mañana se dio el primer azadonazo en el terreno floridense, y desde entonces el poderoso instrumento no tuvo en manos de los mineros un solo momento de ocio. Las tandas de operarios se relevaban de seis en seis horas.

Por colosal que fuese la operación, no rebasaba el límite de las fuerzas humanas. ¡Cuántos trabajos más difíciles, en los que había sido necesario combatir directamente contra los elementos, se habían llevado felizmente a cabo! Sin hablar más que de obras análogas, basta citar el *Pozo del Tío José,* construido cerca de El Cairo, por el sultán Saladino, en una época en que las máquinas no habían completado aún la fuerza del hombre. Dicho pozo baja al nivel del Nilo, a una profundidad de trescientos pies. ¡Y aquel otro pozo abierto en Coblenza, por el margrave Juan de Baden, a la profundidad de 600 pies! Pues bien, ¿de qué se trataba en última instancia? De triplicar esta profundidad y duplicar su anchura, lo que haría la perforación más fácil. Así es que no había ni un peón, ni un oficial, ni un maestro, que dudase del éxito de la operación.

Una decisión importante, tomada por el ingeniero Murchisson, de acuerdo con el presidente Barbicane, había de acelerar más y más la marcha de los trabajos. Por un artículo del contrato, el *columbiad* debía estar reforzado con zunchos o abrazaderas de hierro forjado. Estos zunchos eran un lujo de precauciones inútil, de las que el cañón podía prescindir sin ningún riesgo. Se suprimió, pues, dicha cláusula, con lo que se economizaba mucho tiempo, porque se pudo entonces emplear el nuevo sistema de perforación adoptado actualmente en la construcción de los pozos, en que la perforación y la obra de mampostería se hacen al mismo tiempo. Gracias a este sencillo procedimiento, no hay necesidad de apuntalar la tierra, pues la pared misma la contiene con un poder inquebrantable y desciende por su propio peso.

No debía empezar esta maniobra hasta alcanzar el azadón la parte sólida del terreno.

El 4 de noviembre, cincuenta trabajadores abrieron en el centro mismo del recinto cercado, es decir, en la parte superior de Stone's Hill, un agujero circular de sesenta pies de ancho.

El pico encontró primero una especie de terreno negro, de seis pies de profundidad, de cuya resistencia triunfó fácilmente. Sucedieron a este terreno dos pies de una arena fina, que se sacó y guardó cuidadosamente porque debía servir para la construcción del molde interior.

Apareció después de la arena una arcilla blanca bastante compacta, parecida a la marga de Inglaterra, que tenía un grosor de cuatro pies.

Enseguida, el hierro de los picos echó chispas bajo la capa dura de la tierra, que era una especie de roca formada de conchas petrificadas, muy seca y muy sólida, y con la cual tuvieron en lo sucesivo que luchar siempre los instrumentos. En aquel punto, el agujero tenía una profundidad de seis pies y medio, y empezaron los trabajos de albañilería.

Construyose en el fondo de la excavación un torno de encina, una especie de disco muy asegurado con pernos y de una solidez a toda prueba. Tenía en su centro un agujero de un diámetro igual al que debía tener el *columbiad* exteriormente. Sobre aquel aparato se sentaron las primeras hiladas de piedras, unidas con inflexible tenacidad por un cemento de hormigón hidráulico. Los albañiles, después de haber trabajado de la circunferencia al centro, se hallaron dentro de un pozo que tenía veinticinco pies de ancho.

Terminada esta obra, los mineros volvieron a coger el pico y el azadón para atacar la roca debajo del mismo disco, procurando sostenerlo con puntales de mucha solidez; estos puntales se quitaban sucesivamente a medida que se iba ahondando el agujero. Así, el disco iba bajando poco a poco, y con él la pared circular de mampostería, en cuya parte superior trabajaban incesantemente los albañiles, dejando aspilleras o respiraderos para que durante la fundición encontrase salida el gas.

Este género de trabajo exige en los obreros mucha habilidad y cuidado. Alguno de ellos, cavando bajo el disco, fue peligrosamente herido por los pedazos de piedra que saltaban y hasta hubo alguna muerte; pero estos percances del oficio no menguaban ni un solo minuto el ardor de los trabajadores. Trabajan estos durante el día, a la luz de un sol que algunos meses después daba a aquellas calcinadas llanuras un calor de 99 °F[54]. Trabajaban durante la noche, envueltos en los resplandores de la luz eléctrica. El ruido de los picos rompiendo las rocas, el estampido de los barrenos, el chirrido de las máquinas, los torbellinos de humo agitándose en el aire, trazaban alrededor de Stone's Hill un círculo de terror que no se atrevían a romper las manadas de bisontes ni las partidas de semínolas.

Los trabajos avanzaban regularmente, grúas movidas por la fuerza del vapor activaban la traslación de los materiales, encontrándose pocos obstáculos inesperados, pues todas las dificultades estaban previstas y había habilidad para allanarlas.

El pozo, en un mes, había alcanzado la profundidad proyectada para este tiempo, o sea 112 pies. En diciembre, esta profundidad se duplicó, y se triplicó en enero. En febrero, tuvieron los trabajadores que combatir una capa de agua que apareció de improviso, por lo que se vieron obligados a recurrir a poderosas bombas y aparatos de aire comprimido para agotarla y tapar los orificios como se tapa una vía de agua a bordo de un buque. Se dominaron aquellas corrientes, pero a consecuencia de la poca consistencia del terreno, el disco cedió algo, y hubo un derrumbamiento parcial. El accidente no podía dejar de ser terrible, y costó la vida a algunos trabajadores. Tres semanas se invirtieron en reparar la avería y en restablecer el disco, devolviéndole sus condiciones de solidez; pero gracias a la habilidad del ingeniero y a la potencia de las máquinas empleadas, la obra, un instante comprometida, recobró su aplomo, y la perforación siguió adelante.

Ningún nuevo incidente paralizó en lo sucesivo la marcha de la operación, y el 10 de junio, veinte días antes de expirar el plazo fijado por Barbicane, el pozo enteramente revestido de su muro de piedra, había alcanzado la profundidad de novecientos pies. En el

---

[54] 37 °C. *(N. del T.)*

fondo, la mampostería descansaba sobre un cubo macizo que medía 30 pies de grueso, mientras que en su parte superior se hallaba al nivel del suelo.

El presidente Barbicane y los miembros del *Gun-Club* felicitaron con efusión al ingeniero Murchisson, cuyo trabajo ciclópeo se había llevado a cabo con una rapidez asombrosa.

Durante los ocho meses que en dicho trabajo se invirtieron, Barbicane no se separó un instante de Stone's Hill, y al mismo tiempo vigilaba de cerca las operaciones de la excavación y no olvidaba un solo instante el bienestar y la salud de los trabajadores, siendo bastante afortunado para evitar las epidemias que suelen engendrarse en las grandes aglomeraciones de hombres, y que tantos desastres causan en las regiones del globo expuestas a todas las influencias tropicales.

Verdad es que algunos trabajadores pagaron con la vida las imprudencias inherentes a trabajos tan peligrosos. Pero estas deplorables catástrofes son inevitables, y los americanos no hacen de ellas ningún caso. Se cuidan más de la humanidad en general que del individuo en particular. Sin embargo, Barbicane profesaba excepcionalmente los principios contrarios, y los aplicaba en todas las ocasiones. Así es que, gracias a su solicitud, a su inteligencia, a su útil intervención en los casos difíciles, a su prodigiosa y filantrópica sagacidad, el término medio de las catástrofes no excedió al de los países de Ultramar famosos por su lujo de precauciones, entre otros Francia, donde se cuenta con un accidente por cada doscientos mil francos de trabajo.

CAPÍTULO XV

La fiesta de la fundición

Durante los ocho meses que se invirtieron en la operación de la zanja, se llevaron simultáneamente adelante con suma rapidez los trabajos preparatorios de la fundición. Una persona extraña que, sin estar en antecedentes, hubiese llegado de improviso a Stone's Hill, hubiera quedado atónita ante el espectáculo que se ofrecía a su mirada.

A seiscientas yardas de la zanja se levantaban mil doscientos hornos de reverbero, de seiscientos pies de ancho cada uno, circularmente situados alrededor de la zanja misma, que era su punto central, separados uno de otro por un intervalo de media toesa. Los mil doscientos hornos formaban una línea que no bajaba de dos millas. Estaban todos calcados sobre el mismo modelo, con una alta chimenea cuadrangular, y producían un singular efecto. Soberbia parecía a J. T. Maston aquella disposición arquitectónica, que le recordaba los monumentos de Washington. Para él no había nada más bello, ni aun en Grecia, donde, según él mismo confesaba, no había estado nunca.

Sabido es que en su tercera sesión la comisión resolvió valerse, para el *columbiad,* del hierro fundido, especialmente del hierro fundido gris, que es, en efecto, un metal tenaz y dúctil, de fácil pulimento, propio para efectuar todas las operaciones de moldeo, y tratado con el carbón de piedra, es de una calidad superior para las piezas de gran resistencia, tales como cañones, cilindros de máquinas de vapor y prensas hidráulicas.

Pero el hierro fundido, si no ha sido sometido más que a una sola fusión, es muy rara vez lo suficiente homogéneo, por lo que se le acendra y depura por medio de una segunda fusión, que le desembaraza de sus últimos depósitos terrosos.

Por lo mismo, el mineral de hierro, antes de ser embarcado para Tampa, era sometido a los altos hornos de Goldspring y puesto en contacto con carbón y silicio y elevado a una alta temperatura, se transformaba en carburo[55], y después de esta primera operación, se dirigía el metal a Stone's Hill. Pero se trataba de 136 000 000 de libras de hierro fundido, que son una cantidad enorme para transportar por los *rail-ways*. El precio del transporte hubiera duplicado el de la materia. Pareció preferible fletar buques de Nueva York y cargarlos de fundición en barras, aunque para esto se necesitaron sesenta y ocho buques de mil toneladas, una verdadera escuadra, que el 3 de mayo salió de la bahía de Nueva York, entró en el océano, siguió a lo largo de las costas americanas, penetró en el canal de Bahamas, dobló la punta de Florida y, el 10 del mismo mes, remontando la bahía del Espíritu Santo, pasó a fondear sin avería alguna en el puerto de Tampa. Allí el cargamento fue trasladado a los vagones del ferrocarril de Stone's Hill, y a mediados de enero, la enorme cantidad de metal había llegado a su destino.

Bien se comprende que mil doscientos hornos no eran un exceso para derretir a un mismo tiempo 68 000 toneladas de hierro. Cada horno podía contener cerca de 114 000 libras de metal, y todos, construidos y dispuestos según el modelo de los que sirvieron para fundir el cañón Rodman, afectaban la forma de un trapecio y eran muy rebajados. El aparato para caldear y la chimenea se hallaba en los dos extremos del horno, el cual se calentaba por igual en toda su extensión. Los hornillos, hechos de tierra refractaria, constaban de una reja donde se colocaba el carbón de piedra, y un crisol o laboratorio donde se ponían las barras que habían de fundirse. El suelo de este crisol, inclinado en ángulo de veinticinco grados permitía al metal derretido verterse hacia los depósitos de recepción, de los cuales partían doce arroyos divergentes que desaguaban en el pozo central.

Un día, después de terminadas las obras de albañilería, Barbicane mandó proceder a la construcción del molde interior. La cuestión era levantar en el centro del pozo, siguiendo su eje, un cilindro de novecientos pies de altura y nueve pies de diámetro, que llenase exactamente el espacio reservado al ánima del *columbiad*. Este cilindro debía componerse de una mezcla de tierra arcillosa y arena, a la que añadían heno y paja. El intervalo que quedase entre el molde y la obra de fábrica debía llenarlo el metal derretido para formar las pare-

---

[55] Por la operación de refinado en los hornos, el hierro fundido, libre de carbono y silicio, se convierte en hierro dulce. *(N. del T.)*

des del cañón, de un grosor de seis pies. Para mantener equilibrado el cilindro fue preciso reforzarlo con armadura de hierro y sujetarlo a trechos por medio de puntales transversales que iban desde él a las paredes del pozo. Estas traviesas, después de la fundición, quedaban formando cuerpo común con el cañón mismo, sin que este sufriese por la interposición menoscabo alguno.

Habiendo terminado esta operación el 8 de julio, podía procederse inmediatamente a la fundición, y se fijó esta para el día siguiente.

—Será una gran fiesta el acto de la fundición —dijo J. T. Maston a su amigo Barbicane.

—Sin duda —respondió Barbicane—, pero no será fiesta pública.

—¡Cómo! ¿No abriréis las puertas del recinto a todo el que se presente?

—No haré semejante disparate, Maston; la fundición del *columbiad* es una operación delicada que puede también ser peligrosa, y prefiero que se ejecute a puerta cerrada. Al dispararse el proyectil, toleraremos todo el bullicio que se quiera, pero no antes.

En efecto, la operación podía dar origen a peligros imprevistos, y, además, una gran afluencia de espectadores estorbaría tal vez para conjurar una catástrofe. Convenía mucho conservar la libertad de movimiento. Así es que a nadie se permitió entrar en el recinto, a excepción de una delegación de individuos del *Gun-Club,* que se había trasladado a Tampa. Figuraban entre ella el entusiasta Bilsby, Tom Hunter, el coronel Blomsberry, el mayor Elphiston, el general Morgan y otros, para quienes la fundición del *columbiad* era una cuestión personal. J. T. Maston se convirtió espontáneamente en su cicerone; no omitió ningún pormenor; los condujo a todas partes: a los almacenes, a los talleres, a las máquinas, y les obligó a visitar uno tras otro, no obstante ser perfectamente iguales, los mil doscientos hornos. Al efectuar la visita mil doscientas, estaban algo cansados.

La fundición debía ejecutarse a las doce en punto. El día anterior se había invertido principalmente en cargar cada uno de los hornos con 114 000 libras de barras de metal, colocadas de manera que dejasen algunos huecos para que el aire inflamado pudiese circular entre ellas libremente. Desde la madrugada, empezaron las doscientas chimeneas a vomitar en la atmósfera sus torrentes de llamas, y agitaban la tierra sordas trepidaciones. Había que quemar tantas libras de carbón de piedra cuantas eran las libras de metal que había que fundir. Había, pues, 68 000 libras de carbón que proyectaban delante del disco del sol un denso cortinaje de humo negro.

No tardó el calor en hacerse insoportable en aquel círculo de hornos cuyos ronquidos parecían retumbos de trueno, aumentando el estrépito poderosos ventiladores que en su continuo soplo saturaban de oxígeno todos aquellos focos candentes.

Dependía en gran parte el buen éxito de la operación de la fundición, de la rapidez con que se la condujese. A una señal dada, que consistía en un cañonazo, todos los hornos a la vez debían abrir paso al hierro derretido y vaciarse enteramente.

Tomadas estas disposiciones, maestros y trabajadores aguardaron el momento fijado con mucha impaciencia y también con cierta zozobra. No había nadie en el recinto, y cada maestro fundidor ocupaba su puesto cerca de los agujeros por donde debía salir el metal licuado.

Barbicane y sus colegas contemplaban la operación desde una prominencia cercana, teniendo delante un cañón, pronto a ser disparado a una señal del ingeniero.

Algunos minutos antes de dar las doce, empezó el metal a formar gotas que se iban dilatando, se fueron llenando poco a poco los receptáculos, y cuando el hierro se hubo derretido enteramente, se le dejó reposar un poco con el fin de facilitar la separación de las sustancias heterogéneas.

Dieron las doce, sonó de pronto un cañonazo, y se perdió en el aire, como un relámpago, su resplandor momentáneo. Mil doscientas aberturas se destaparon a la vez, y mil doscientas serpientes de fuego se arrastraron hacia el pozo central, desarrollando sus anillos candentes. Al llegar al pozo, se precipitaron a una profundidad de novecientos pies con espantoso estrépito. Aquel espectáculo era conmovedor y magnífico. La tierra temblaba, y las olas de metal hirviente, lanzando al cielo los torbellinos de humo, volatilizaban al mismo tiempo la humedad del molde y la arrojaban por los espiráculos o respiraderos del muro de piedra bajo la forma de impenetrables vapores. Aquellas nubes ficticias, subiendo hacia el cenit a una altura de 500 toesas, desenvolvían sus densas espirales. Un salvaje errante, más allá de los límites del horizonte, hubiera podido creer en la formación de un nuevo cráter en las entrañas de Florida, y, sin embargo, aquello no era una erupción, ni una tromba, ni una tempestad, ni una lucha de elementos, ni ninguno de los fenómenos terribles que es capaz de producir la naturaleza. ¡No! El hombre había creado aquellos vapores rojizos, aquellas llamas gigantescas dignas de un volcán, aquellas trepidaciones estrepitosamente análogas a las sacudidas de un terremoto, aquellos mugidos rivales de los huracanes y las borrascas, y era su mano quien precipitaba en un abismo abierto por ella todo un Niágara de humeante metal derretido.

CAPÍTULO XVI

El *columbiad*

¿La operación había tenido éxito? Acerca del particular no se podía juzgar más que por conjeturas. Todo, sin embargo, inducía a creer que la fundición se había verificado debidamente, puesto que el molde había absorbido todo el metal licuado en los hornos. Pero nada en mucho tiempo se podría asegurar de una manera positiva. La prueba directa había de ser necesariamente muy tardía.

En efecto, cuando el mayor Rodman fundió su cañón de 160 000 libras, el hierro tardó en enfriarse más de quince días. ¿Cuánto tiempo, pues, el monstruoso *columbiad,* coronado de torbellinos de vapor y defendido por su calor intenso, iba a ocultarse a las investigaciones de sus admiradores? Difícil era calcularlo.

Durante este tiempo la impaciencia de los miembros del *Gun-Club* pasó por una dura prueba. Pero fuerza es esperar, y más de una vez la curiosidad y el entusiasmo expusieron a J. T. Maston a asarse vivo. Quince días después de verificada la fundición, subía aún al cielo un inmenso penacho de humo, y el suelo abrasaba los pies en un radio de doscientos pasos alrededor de la cima de Stone's Hill.

Pasaron días y días, semanas y semanas. No había medio de enfriar el inmenso cilindro, al cual era imposible acercarse. Preciso era aguardar, y los miembros del *Gun-Club* tascaban su freno.

—Nos hallamos ya a 10 de agosto —dijo una mañana J. T. Maston—. ¡Faltan apenas cuatro meses para llegar al 1 de diciembre, y aún tenemos que sacar el molde interior, formar el ánima de la pieza y cargar el *columbiad!* ¿Tendremos tiempo? ¡Ni siquiera podemos acercamos al cañón! ¿No se enfriará nunca? ¡Sería un chasco horrible!

En vano se trataba de calmar la impaciencia del secretario; Barbicane no despegaba los labios, pero su silencio ocultaba una sorda irritación. Verse absolutamente detenido por un obstáculo del cual sólo podía triunfar el tiempo, enemigo temible en aquellas circunstancias, y hallarse a discreción suya, era duro para un hombre de guerra.

Sin embargo, observaciones diarias permitieron comprobar modificaciones en el estado del terreno. Hacia el 15 de agosto, la intensidad y densidad de los vapores había disminuido notablemente. Algunos días después la tierra no exhalaba más que un ligero vaho, último soplo del monstruo encerrado en su ataúd de piedra. Poco a poco se apaciguaron las convulsiones del terreno, y se circunscribió el círculo calórico; los espectadores más impacientes se acercaron, ganaron un día dos toesas y al otro cuatro; y el 22 de agosto, Barbicane, sus colegas y el ingeniero pudieron llegar a la masa de hierro colado que asomaba al nivel de la cima de Stone's Hill, sitio sin duda muy higiénico, en que no estaba aún permitido tener frío en los pies.

—¡Loado sea Dios! —exclamó el presidente del *Gun-Club* con un inmenso suspiro de satisfacción.

Se volvió a trabajar aquel mismo día. Procediose inmediatamente a la extracción del molde interior para dejar libre el ánima de la pieza; funcionaron sin descanso el pico, el azadón y la terraja; la tierra arcillosa y la arena habían adquirido con el calor una dureza suma, pero con el auxilio de las máquinas se venció la resistencia de aquella mezcla que ardía aún al contacto de las paredes de hierro fundido; se sacaron rápidamente en carros de vapor los materiales extraídos, y se hizo todo tan bien, se trabajó con tanta actividad, fue tan apremiante la intervención de Barbicane y tenían tanta fuerza sus argumentos, a los que dio la forma de dólares, que el 3 de septiembre había desaparecido hasta el último vestigio del molde.

Inmediatamente después empezó la operación de alisar el ánima, a cuyo efecto se establecieron con la mayor prontitud las máquinas convenientes, y se pusieron en juego poderosos alisadores cuyo corte mordió rápidamente las desigualdades de la fundición. Al cabo de algunas semanas, la superficie interior del inmenso tubo era perfectamente cilíndrica, y el ánima de la pieza había adquirido un pulimento perfecto.

Por último, el 22 de septiembre, no habiendo aún transcurrido un año desde la comunicación de Barbicane, la enorme máquina, calibrada rigurosamente y absolutamente vertical, según comprobaron los más delicados instrumentos, estaba en disposición de funcionar. No había que esperar más que a la Luna, pero todos tenían una completa confianza en que tan honrada señora no faltaría a la cita. La conocían por sus antecedentes, y por ellos la juzgaban.

La alegría de J. T. Maston traspasó todos los límites, y poco le faltó para ser víctima de una espantosa caída por el afán con que abismaba su mirada en el tubo de 900 pies. Sin el brazo derecho de Blomsberry, que el digno coronel había felizmente conservado, el secretario del *Gun-Club,* como un segundo Eróstrato, hubiera encontrado la muerte en las profundidades del *columbiad.*

El cañón estaba, pues, concluido, y no cabía duda alguna acerca de su ejecución perfecta. Así es que, el 6 de octubre, el capitán Nicholl, no obstante sus antipatías, pagó al presidente Barbicane la segunda apuesta, y Barbicane en sus libros, en la columna de ingresos, apuntó una suma de dos mil dólares. Motivos hay para creer que la cólera del capitán llegó al último extremo, que le causó una verdadera enfermedad. Sin embargo, quedaban aún tres apuestas, una de tres mil dólares, otra de cuatro mil y otra de cinco mil, y con sólo ganar dos de ellas, no se hubiera librado mal del negocio. Pero el dinero no entraba para nada en sus cálculos, y el éxito obtenido por su rival en la fundición de su cañón, a cuyo proyectil no hubiera resistido una plancha de 10 toesas, le daba un golpe terrible. El 23 de septiembre se permitió al público entrar libremente en el recinto de Stone's Hill, y ya se comprende lo que sería la afluencia de visitantes.

Innumerables curiosos, procedentes de todos los puntos de los Estados Unidos, se dirigían a Florida. Durante aquel año la ciudad de Tampa, consagrada enteramente a los trabajos del *Gun-Club,* se había desarrollado de una manera prodigiosa, y contaba entonces con una población de sesenta mil almas. Después de envolver en una red de calles el fuerte Broke, se fue prolongando por la lengua de tierra que separa las dos radas de la bahía del Espíritu Santo. Nuevos cuarteles, nuevas plazas, un bosque entero de casas nuevas había brotado en aquellos eriales antes desiertos, al calor del sol americano. Habíanse fundado compañías para erigir iglesias, escuelas y habitaciones particulares, y en menos de un año se decuplicó la extensión de la ciudad.

Sabido es que los yanquis han nacido comerciantes. Adondequiera que les lance la suerte, desde la zona glacial a la zona tórrida, es menester que se ponga en ejecución su instinto de los negocios. He aquí por qué simples curiosos que se habían trasladado a Florida sin más objeto que seguir las operaciones del *Gun-Club,* se entregaron, no bien se hubieron establecido en Tampa, a operaciones mercantiles. Los buques fletados para el transporte del material y de los trabajadores, habían dado al puerto una actividad sin igual. Otros buques de todas clases, cargados de víveres, provisiones y mercancías, surcaron luego la bahía y las dos radas; grandes contadores de armadores y corredores, se establecieron en la ciudad, y la *Shipping Gacette*[56] anunció diariamente en sus columnas la llegada de nuevas embarcaciones al puerto de Tampa.

Mientras se multiplicaban los caminos alrededor de la ciudad, esta, teniendo en consideración el prodigioso desarrollo de su población y su comercio, fue unida por una vía férrea a los Estados meridionales de la Unión. Por medio de un *railway,* Mobile se enlazó con Pensacola, el gran arsenal marítimo del sur, desde donde la vía férrea se dirigió a la ciudad de Tallahasee, donde había ya un pequeño trozo de vía férrea, y la ponía en comunicación con Saint-Marks, en la costa. Aquel *railway* se prolongó hasta Tampa, vivificando a su paso y despertando las comarcas muertas de Florida central. Gracias a las maravillas de la industria, debidas a la idea que cruzó por la mente de un hombre, Tampa pudo darse la importancia de una gran ciudad. Le habían dado el sobrenombre de *Moon City,* y Tallahasee, la capital de las dos Floridas, sufrió un eclipse total, visible desde todos los puntos del globo.

Ahora comprende cualquiera el fundamento de la gran rivalidad entre Tejas y Florida, y la exasperación de los tejanos cuando se vieron desahuciados en sus pretensiones por la elección del *Gun-Club.* Con su sagacidad previsora habían adivinado cuánto debía ganar un país con el experimento de Barbicane y los beneficios que produciría un cañonazo semejante. Tejas perdía por la elección de Barbicane un vasto centro de comercio, una vía férrea y un aumento considerable de población. Todas estas ventajas las obtenía la miserable península

---

[56] Gaceta Marítima. *(N. del T.)*

floridense, echada como una estacada en las olas del golfo y las del océano Atlántico. Así es que Barbicane participaba, con el general Santana, de todas las antipatías de Tejas.

Sin embargo, aunque entregada a su furor mercantil y a su pasión industrial, la nueva población de Tampa no olvidó las interesantes operaciones del *Gun-Club*. Todo lo contrario. Seguía con ansia los menores accidentes de la empresa, y la entusiasmaba cualquier azadonazo. Un continuo ir y venir, una procesión, una romería, hubo constantemente entre la ciudad y Stone's Hill.

Fácil era prever que, al llegar el día del experimento, la concurrencia ascendería a millares de personas, que de todos los puntos de la tierra se iban acumulando en la circunscrita península. Europa emigraba a América.

Pero es preciso confesar que hasta entonces la curiosidad de los numerosos viajeros no se hallaba enteramente satisfecha. Muchos contaban con el espectáculo de la fundición, de la cual no alcanzaron más que el humo. Poca cosa era para aquellas gentes ávidas, pero Barbicane, como es sabido, no quiso admitir a nadie durante aquella operación. Hubo descontento, refunfuños, murmullos; hubo reconvenciones al presidente, de quien se dijo que adolecía de absolutismo, y su conducta fue declarada *poco americana*. Hubo casi una asonada alrededor del cercado de Stone's Hill. Pero ni por esas; Barbicane era inquebrantable en sus resoluciones.

Pero cuando el *columbiad* quedó enteramente concluido, preciso fue abrir las puertas, pues hubiera sido poco prudente contrariar el sentimiento público manteniéndolas cerradas. Barbicane permitió entrar en el recinto a todos los que llegaban, si bien, empujado por su talento práctico, resolvió especular en grande con la curiosidad general. La curiosidad es siempre, para el que sabe explotarla, una fábrica de moneda.

Gran cosa era contemplar el inmenso *columbiad,* pero la gloria de bajar a sus profundidades parecía a los americanos el *non plus ultra* de la felicidad posible en este mundo. No hubo un curioso que no quisiese darse a toda costa el placer de visitar interiormente aquel abismo de metal. Atados y suspendidos de una cabria que funcionaba a impulsos del vapor, se permitió a los espectadores satisfacer su curiosidad excitada. Aquello fue un delirio. Mujeres, niños, ancianos, todos se impusieron el deber de penetrar en el fondo del ánima del colosal cañón preñado de misterios. Se fijó el precio de cinco dólares por persona, y a pesar de ser elevado, en los dos meses que precedieron inmediatamente al experimento, la afluencia de visitantes permitió al *Gun-Club* meter en caja cerca de quinientos mil dólares.

Inútil es decir que los primeros que visitaron el *columbiad* fueron los miembros del *Gun-Club*, a cuya ilustre asamblea estaba justamente reservada esta preferencia. Esta solemnidad se celebró el 25 de septiembre. En un cajón de honor bajaron el presidente Barbicane, J. T. Maston, el mayor Elphiston, el general Morgan, el coronel Blomsberry, el ingeniero Murchisson y otros miembros distinguidos de la célebre sociedad, en número de unos diez. Mucho calor hacía aún en el fondo de aquel largo tubo de metal, se sentía dentro alguna sofocación. Pero ¡qué alegría! ¡Qué encanto! Se colocó una mesa de diez cubiertos en la recámara de piedra que sostenía el *columbiad,* alumbrado *a giorno* por un chorro de luz eléctrica. Exquisitos y numerosos manjares, que parecían bajados del cielo, se colocaron sucesivamente delante de los convidados, y botellas de los mejores vinos se apuraron profusamente durante aquel espléndido banquete a novecientos pies bajo tierra.

El festín fue muy animado y también muy bullicioso. Se entrecruzaron numerosos brindis: se brindó por el globo terrestre; se brindó por su satélite; se brindó por el *Gun-Club;* se brindó por la Unión, por la Luna, por Febe, por Diana, por Selene, por el astro de la noche, por la *pacífica mensajera del firmamento.* Los hurras, llevados por las sonoras ondas del inmenso tubo acústico, llegaban a su extremo como un trueno, y la multitud, colocada alrededor de Stone's Hill, se unía con el corazón y con los gritos a los diez convidados hundidos en el fondo del gigantesco *columbiad.*

J. T. Maston no era ya dueño de sí mismo. Difícil sería determinar si gritaba más que gesticulaba, y si bebía más que comía. Lo cierto es que no cabía de gozo en su pellejo, que no hubiera dado su lugar por el imperio del mundo, aun cuando el cañón cargado, cebado y haciendo fuego en aquel instante, hubiera debido enviarle hecho pedazos a los espacios planetarios.

CAPÍTULO XVII

Un parte telegráfico

Pudiérase decir que estaban terminados los grandes trabajos emprendidos por el *Gun-Club,* y, sin embargo, tenían aún que transcurrir dos meses antes de enviar el proyectil a la Luna. Dos meses que debían parecer dos años a la impaciencia universal. Hasta entonces los periódicos habían dado diariamente cuenta de los más insignificantes pormenores de la operación, y sus columnas eran devoradas con avidez; pero era de temer que en lo sucesivo disminuyese mucho el *dividendo de interés* distribuido entre todas las gentes, y no había quien no temiese que iba a dejar pronto de percibir la parte de emociones que diariamente le correspondía.

No fue así. El más inesperado, el más extraordinario, más increíble y más inverosímil incidente volvió a fanatizar los ánimos anhelantes y a causar en el mundo una sorpresa y una sobreexcitación hasta entonces desconocidas.

Un día, el 30 de septiembre, a la una y cuarenta y siete de la tarde, llegó a Tampa, con destino al presidente Barbicane, un telegrama transmitido por el cable sumergido entre Valentia (Irlanda), Terranova y la costa americana.

El presidente Barbicane rasgó el sobre, leyó el parte, y, no obstante su fuerza de voluntad para hacerse dueño de sí mismo, sus labios palidecieron y su vista se turbó a la lectura de las veinte palabras del telegrama.

He aquí el texto del mismo, que se conserva aún en los archivos del *Gun-Club:*

«Francia, París.
30 septiembre, 4 h. mañana.
Barbicane. Tampa, Florida.
Estados Unidos.
Reemplazad granada esférica por proyectil cilindrocónico. Partiré dentro. Llegaré por vapor Atlanta.

MIGUEL ARDAN».

CAPÍTULO XVIII

El pasajero del Atlanta

Si tan estupenda noticia, en vez de volar por los hilos telegráficos, hubiera llegado sencillamente por el correo, cerrada y bajo un sobre, si los empleados de Francia, Irlanda, Terranova y Estados Unidos de América no hubiesen debido conocer necesariamente la confidencia telegráfica, Barbicane no habría vacilado un solo instante. Hubiese callado por medida de prudencia, y para no desprestigiar su obra. Aquel telegrama, sobre todo procediendo de un francés, podía ser una burla. ¿Qué apariencia de verdad tenía la audacia de un hombre capaz de concebir la idea de un viaje semejante? Y, si en realidad había un hombre resuelto a llevar a cabo tan singular propósito, ¿no era un loco a quien se debía encerrar en una casa de orates, y no en una bala de cañón?

Pero el parte era conocido, porque los aparatos de transmisión son por su naturaleza poco discretos, y la proposición de Miguel Ardan circulaba ya por los diversos Estados de la Unión. No tenía, pues, Barbicane ninguna razón para guardar silencio acerca de ella, y por tanto reunió a los miembros del *Gun-Club,* que se hallaban en Tampa, y, sin dejarles entrever su pensamiento, sin discutir el mayor o menor crédito que le merecía el telegrama, leyó con sangre fría su lacónico texto.

—¡Imposible!

—¡Es inverosímil!

—¡Pura broma!

—¡Se están burlando de nosotros!

—¡Ridículo!

—¡Absurdo!

Durante algunos minutos, se pronunciaron todas las frases que sirven para expresar la duda, la incredulidad, la barbaridad y la locura, con acompañamiento de los aspavientos y gestos que se usan en semejantes circunstancias. Cada cual, según su carácter, se sonreía, o reía, o se encogía de hombros, o soltaba la carcajada. J. T. Maston fue el único que tomó la cosa en serio.

—¡Es una idea soberbia! —exclamó.

—Sí —le respondió el mayor—, pero si alguna vez es permitido tener ideas semejantes, es con la condición de no pensar siquiera en ponerlas en práctica.

—¿Y por qué no? —replicó con cierto desenfado el secretario del *Gun-Club,* aprestándose para el combate que sus colegas rehuyeron.

Sin embargo, el nombre de Miguel Ardan corría de boca en boca en la ciudad de Tampa. Extranjeros e indígenas se miraban, se interrogaban y se burlaban, no del europeo, que era en su concepto un mito, un ente imaginario, un ser quimérico, sino de J. T. Maston, que había podido creer en la existencia de aquel personaje fabuloso. Cuando Barbicane propuso enviar un proyectil a la Luna, la empresa pareció a todos natural y practicable, y no vieron en ella más que una simple cuestión de balística. Pero que un ser racional quisiera tomar asiento en el proyectil e intentar aquel viaje inverosímil, era una proposición tan sin pies ni cabeza que no podía dejar de parecer una chanza, una farsa, un engaño.

Las chanzonetas duraron sin interrupción hasta la noche, y se puede asegurar que toda la Unión prorrumpió en una sola carcajada, lo que es poco común en un país donde las empresas imposibles encuentran fácilmente panegiristas, adeptos y partidarios.

Con todo, la proposición de Miguel Ardan, como todas las ideas nuevas, no dejaban de preocupar a más de cuatro, por lo mismo que se apartaba de la corriente de las emociones acostumbradas. «He aquí —decían— una cosa que no se le había ocurrido a nadie». Aquel incidente fue luego una obsesión por su misma extrañeza. Daba en qué pensar. ¡Cuántas cosas negadas la víspera han sido una realidad al día siguiente! ¿Por qué un viaje a la Luna no se ha de realizar un día u otro? Pero siempre tendremos que el primero que a él quiera arriesgarse debe ser un loco de atar, y decididamente, pues que su proyecto no puede tomarse por lo serio, hubiera hecho bien en callarse en lugar de poner en fermentación a una población entera con sus ridículas salidas de tono.

Pero, ¿existía realmente aquel personaje? He aquí la primera cuestión. El nombre de Miguel Ardan no era desconocido en América. Era el nombre de un europeo muchas veces citado por sus atrevidas empresas. Además, aquel telegrama que había atravesado las profundidades del Atlántico, la designación del buque en que el francés decía haber tomado pasaje, la fecha fija de su llegada próxima, eran circunstancias que daban a la proposición ciertos visos de verosimilitud. La empresa requería, sin duda, un valor inaudito. Pronto los individuos aislados se agruparon: los grupos se condensaron bajo la acción de la curiosidad como en virtud de la atracción molecular se condensan los átomos, y al cabo se formó una multitud compacta que se dirigió al domicilio del presidente Barbicane.

Este, desde la llegada del telegrama, no había manifestado acerca de él opinión alguna, había dejado a J. T. Maston descubrir la suya sin aprobar ni desaprobar; se mantenía al pairo, y se proponía aguardar los acontecimientos.

Pero echaba las cuentas sin la huésped; pues no contaba con la impaciencia pública, y vio con muy poca satisfacción a los habitantes de Tampa reunirse bajo sus ventanas. Los murmullos, los gritos y las vociferaciones le obligaron a presentarse. Tenía todos los deberes y, por consiguiente, todas las obligaciones de la celebridad.

Se presentó, y la multitud guardó silencio. Un ciudadano tomó la palabra, y dirigió a Barbicane la siguiente pregunta.

—¿El personaje designado en el parte bajo el nombre de Miguel Ardan se ha puesto en marcha para América? ¿Sí o no?

—Señores —respondió Barbicane—, no sé más que lo que saben ustedes.

—Pues es preciso saberlo —gritaron algunos con impaciencia.

—El tiempo nos lo dirá —respondió con sequedad el presidente.

—No reconocemos en el tiempo ningún derecho para mantener en un estado de ansiedad penosa a un pueblo entero —replicó el orador—. ¿Habéis modificado los planos del proyectil en conformidad con lo que dice el telegrama?

—Todavía no, señores; pero tenéis razón; es preciso saber a qué atenernos, y el telégrafo, que ha causado toda esta conmoción, completará nuestros informes.

—¡Al telégrafo! ¡Al telégrafo! —exclamó la muchedumbre.

Barbicane bajó, y, seguido del inmenso gentío, se dirigió a las oficinas de la administración.

Pocos minutos después, se envió al síndico de los corredores marítimos de Liverpool un parte en el que se le hacían las siguientes preguntas:

—«¿Qué buque es el Atlanta? ¿Cuándo salió de Europa? ¿Llevaba a bordo a un francés llamado Miguel Ardan?».

Dos horas después Barbicane recibía informes de una precisión tal que no permitían abrigar ninguna duda.

«El vapor Atlanta, de Liverpool, se hizo a la mar el 2 de octubre con rumbo a Tampa; llevando a bordo a un francés que, con el nombre de Miguel Ardan, consta en la lista de los pasajeros».

Al ver esta confirmación del telegrama, los ojos del presidente brillaron con una llama de satisfacción, se cerraron fuertemente sus puños y con violencia se le oyó murmurar:

—¡Es, pues, cierto! ¡Es, pues, posible! ¡Este francés existe! ¡Y estará aquí dentro de quince días! Pero es un loco, y nunca consentiré...

Y, sin embargo, aquella misma tarde escribió a la casa Breadvill y Compañía para que suspendiese hasta nueva orden la fundición del proyectil.

Expresar ahora la conmoción que se apoderó de toda América, el efecto que produjo la comunicación de Barbicane, lo que dijeron los periódicos de la Unión, el asombro que les causó la noticia y el entusiasmo con que la acogieron y con que cantaron la llegada de aquel héroe del antiguo continente; pintar la agitación febril de cada individuo, que veía transcurrir lentamente las horas; dar una idea, aunque imperfecta, de aquella obsesión fatigosa de todos los cerebros subordinados a un solo pensamiento; narrar el cese completo de toda actividad humana; la paralización de la industria y la suspensión del comercio para presenciar la llegada del Atlanta; pintar la animación de la bahía del Espíritu Santo, incesantemente surcada por vapores, paquebotes, yates de placer, *fly-boats* de todas las dimensiones, enumerar los millares de curiosos que cuadruplicaron en quince días la población de Tampa y tuvieron que acampar bajo tiendas como un ejército en campaña, sería una pretensión temeraria superior a todas las fuerzas de los hombres.

El 20 de octubre, a las nueve de la mañana, los vigías del canal de Bahamas distinguieron una densa humareda en el horizonte.

Dos horas después, un vapor de alto bordo era por ellos reconocido, y el nombre de Atlanta fue transmitido a Tampa. A las cuatro, el buque inglés entraba en la bahía del Espíritu Santo. A las cinco, cruzaba a todo vapor la rada de Hillisboro. A las seis fondeaba en el puerto de Tampa.

El áncora no había aún mordido el fondo de la arena, cuando quinientas embarcaciones rodeaban el Atlanta, y el vapor era tomado por asalto. El primero que pisó su cubierta fue Barbicane, el cual dijo con una voz cuya emoción quería en vano reprimir:

—¿Miguel Ardan?

—¡Presente! —respondió un individuo encaramado a la toldilla.

Barbicane, con los brazos cruzados, con la mirada interrogante, con los labios apretados, miró finalmente al pasajero del Atlanta.

Era este un hombre de cuarenta y dos años, alto, pero algo cargado de espaldas, como esas cariátides que sostienen balcones en sus hombros. Su cabeza enérgica, verdadera cabeza de león, sacudía de cuando en cuando una cabellera roja que parecía realmente una guedeja. Una cara corta, ancha en las sienes, adornada con unos bigotes erizados como los del gato y mechones de pelos amarillentos que salpicaban sus mejillas, ojos redondos de los que partía una mirada miope y como extraviada, completaban aquella fisonomía eminentemente felina. Pero la nariz era de un dibujo atrevido, la boca perfecta, la frente alta, inteligente, y surcada como un campo que no ha estado nunca inculto. Un cuerpo bien desarrollado, descansando sobre unas largas piernas, que eran poderosas y bien apoyadas palancas, unos brazos musculosos, y un continente resuelto, hacían de aquel europeo un hombre sólidamente constituido, *que más parecía forjado que fundido,* valiéndonos de una de las expresiones del arte metalúrgico.

Los discípulos de Lavater o de Gratiolet hubieran sin dificultad encontrado en el cráneo y en la fisonomía de aquel personaje los signos indiscutibles de la contabilidad, es decir, el valor en el peligro y de la tendencia a sobrepujar los obstáculos; los de la benevolencia y los de apego a lo maravilloso, instinto que induce a ciertos temperamentos a apasionarse por las cosas sobrehumanas; pero, en cambio, las protuberancias de la adquisibilidad, de la necesidad de poseer y adquirir, faltaban absolutamente.

Para completar el retrato físico del pasajero del Atlanta, es oportuno decir que sus vestidos eran holgados, que no oponían el menor obstáculo al juego de sus articulaciones, su pantalón y su gabán tan sumamente anchos que él mismo se llamaba *la muerte con capa*. Llevaba la corbata en desaliño, y su cuello de camisa muy escotado dejaba ver un cuello robusto como el de un toro. Sus manos febriles arrancaban de dos mangas de camisa que estaban siempre desabrochadas. Bien se conocía que aquel hombre no sentía nunca el frío, ni en la crudeza del invierno, ni en medio de los peligros.

Iba y venía por la cubierta del vapor, en medio de la multitud que apenas le dejaba espacio para moverse, sin poderse estar quieto un momento. Pero él *derivaba sobre sus anclas,* como decían los marineros, y gesticulaba y tuteaba a todo el mundo, y se mordía las uñas con una avidez convulsiva.

Era uno de esos tipos originales que el Creador inventa por capricho pasajero, rompiendo el molde enseguida.

En efecto, la personalidad moral de Miguel Ardan ofrecía un campo muy dilatado a la investigación de los observadores analíticos. Aquel hombre asombroso vivía en una perpetua disposición a la hipérbole y no había traspasado aún la edad de los superlativos. En la retina de sus ojos se juntaban los objetos con dimensiones desmedidas, de lo que resultaba una asociación de ideas gigantescas. Todo lo veía abultadísimo y en grande, a excepción de las dificultades y los hombres, que los veía siempre pequeños.

Estaba dotado de una poderosa naturaleza exorbitante, superabundante; era artista por instinto, muy ingenioso, muy decidor, pero aunque no hacía nunca un fuego graneado de chistes, el chiste que se permitía era siempre una descarga cerrada. En las discusiones se cuidaba muy poco de la lógica; rebelde al silogismo, no lo hubiera nunca inventado, y todas sus salidas eran suyas y no más que suyas. Atropellando por todo y para todo, apuntaba en medio del pecho argumentos *ad hominem* certeros y seguros, y le gustaba defender con el pico y con las zarpas las causas desesperadas.

Tenía, entre otras manías, la de proclamarse, como Shakespeare, *un ignorante sublime,* y hacía alarde de despreciar a los sabios. «Los sabios —decía— apuntan los tantos mientras nosotros jugamos». Era un bohemio del mundo de las maravillas, que se aventuraba mucho sin ser por eso aventurero, una cabeza destornillada, un Faetón que se empeña en guiar el carro del sol, un Ícaro con alas de reserva. Por lo demás, pagaba con su persona, y pagaba bien; se arrojaba, sin cerrar los ojos, a las más peligrosas empresas; quemaba sus naves con más decisión que Agatocles; siempre dispuesto a romperse el alma o desnucarse, caía invariablemente de pies, como esos monigotes de médula de saúco con plomo en la base que sirven de diversión a los niños.

En una palabra, su divisa era: *A pesar de todo,* y el amor a lo imposible, constituían su pasión dominante.

Pero aquel hombre emprendedor tenía como ningún otro los defectos de sus cualidades. Se dice que quien nada arriesga nada tiene. Ardan nada tenía y lo arriesgaba siempre todo. Era un despilfarrador, un tonel de las Danaides. Perfectamente desinteresado, hacía tantas buenas obras como calaveradas; caritativo, caballeresco y generoso, no hubiera firmado la sentencia de muerte de su más cruel enemigo, y era muy capaz de venderse como esclavo para rescatar a un negro.

En Francia, en la Europa entera, todo el mundo conocía a un personaje tan brillante y que tanto ruido metía. ¿No hablaban acaso de él incesantemente las cien trompas de la fama, puestas todas a su servicio? ¿No vivía en una casa de vidrio, tomando el universo entero por confidente de sus más íntimos secretos? Eso, no obstante, no le faltaba una buena colección de enemigos entre los individuos a quienes había rozado, herido o atropellado más o menos al abrirse paso con los codos entre la muchedumbre.

Pero generalmente se le quería bien, y hasta se le mimaba como a un niño. Era, según la expresión popular, «un hombre a quien era preciso tomar o dejar» y se le tomaba. Todos se interesaban por él en sus atrevidas empresas y le seguían con la mirada inquieta. ¡Era audaz con tanta imprudencia! Cuando algún amigo quería detenerle prediciéndole una catástrofe próxima, le respondía, sonriéndose amablemente: «El bosque se quema sino por sus propios árboles». Y no sabía, al dar esta respuesta, que citaba el más bello de todos los proverbios árabes.

Tal era aquel pasajero del Atlanta, siempre agitado, siempre hirviendo al calor de un fuego interior, siempre conmovido, y no por lo que pretendía hacer en América, en lo cual ni siquiera pensaba, sino por efecto de su organización calenturienta. Era seguramente un contraste, el más singular, el que ofrecían el francés Miguel Ardan y el yanqui Barbicane, no obstante ser los dos, cada cual a su manera, emprendedores, atrevidos y audaces.

La contemplación a que se abandonaba el presidente del *Gun-Club* en presencia de aquel rival que acababa de relegarle a un segundo término, fue muy pronto interrumpida por los hurras y vítores de la muchedumbre. Tan frenéticos fueron los gritos, y formas tan personales tomó el entusiasmo, que Miguel Ardan, después de haber apretado millares de manos, en las que estuvo expuesto a dejar sus dedos, tuvo que buscar refugio en el fondo de su camarote.

Barbicane le siguió sin haber pronunciado una palabra.

—¿Sois vos Barbicane? —le preguntó Miguel Ardan, cuando estuvieron solos los dos, con un tono como si hubiese hablado a un amigo de veinte años.

—Sí —respondió el presidente del *Gun-Club.*

—Pues bien, os saludo, Barbicane. ¿Cómo estáis? ¿Muy bien? ¡Me alegro! ¡Me alegro!

—Así, pues —dijo Barbicane entrando en materia, sin preámbulos—. ¿Estáis decidido a partir?

—Absolutamente decidido.

—¿Nada os detendrá?

—Nada. ¿Habéis modificado el proyectil como os indicaba en mi telegrama?

—Aguardaba vuestra llegada. Pero —preguntó Barbicane con insistencia—, ¿lo habéis pensado detenidamente?

—¡Reflexionado! ¿Tengo acaso tiempo que perder? Se me presenta la ocasión de ir a dar una vuelta por la Luna, y la aprovecho; he aquí todo. No creo que la cosa merezca tantas reflexiones.

Barbicane devoraba con la vista a aquel hombre que hablaba de su proyecto de viaje con una ligereza y un desdén tan completo y sin la más mínima inquietud ni zozobra.

—Pero, al menos —le dijo—, tendréis un plan, tendréis medios de ejecución.

—Excelentes, amigo Barbicane. Pero permitidme haceros una observación; me gusta contar mi historia de una sola vez a todo el mundo, y luego no cuidarme más de ella. Así se evitan repeticiones, y, por consiguiente, salvo mejor parecer, convocad a vuestros amigos, a vuestros colegas, a la ciudad entera, a toda Florida, a todos los americanos, si queréis, y mañana estaré dispuesto a desenvolver mis medios y a responder a todas las objeciones, cualesquiera que sean. Tranquilizaos, los aguardaré a pie firme. ¿Os parece bien?

—Muy bien —respondió Barbicane.

Y salió del camarote para participar a la multitud la proposición de Miguel Ardan. Sus palabras fueron acogidas con palabras y gritos de alegría, porque la proposición allanaba todas las dificultades. Al día siguiente, todos podrían contemplar a su gusto al héroe europeo. Sin embargo, algunos de los más obstinados espectadores no quisieron dejar la cubierta del Atlanta, y pasaron la noche a bordo. J. T. Maston, entre otros, había clavado su mano postiza en un ángulo de la toldilla, y se hubiera necesitado un cabrestante para arrancarlo de su sitio.

—¡Es un héroe! ¡Un héroe! —exclamaba en todos los tonos—. ¡Y comparados con él, con ese europeo, nosotros no somos más que unos muñecos!

En cuanto al presidente, después de suplicar a los espectadores que se retiraran, entró en el camarote del pasajero y no se separó de él hasta que la campana del vapor señaló la hora del relevo de la guardia de medianoche.

Pero entonces los dos rivales en popularidad se apretaron muy amistosamente la mano, y ya Miguel Ardan tuteaba al presidente Barbicane.

CAPÍTULO XIX
Un mitin

Al día siguiente, el astro diurno se levantó mucho más tarde de lo que deseaba la impaciencia pública. Un sol destinado a alumbrar semejante fiesta no debía ser tan perezoso. Barbicane, temiendo por Miguel Ardan las preguntas indiscretas, hubiera querido reducir el auditorio a un pequeño número de adeptos, a sus colegas, por ejemplo. Pero más fácil le hubiera sido detener el Niágara con un dique. Tuvo, pues, que renunciar a sus proyectos de protección y dejar correr a su nuevo amigo los peligros de una conferencia pública.

El nuevo salón de la Bolsa de Tampa, no obstante sus colosales dimensiones, fue considerado insuficiente para el acto, porque la reunión proyectada tomaba todas las proporciones de un verdadero mitin.

El sitio escogido fue una inmensa llanura situada fuera de la ciudad. Pocas horas bastaron para ponerlo a cubierto de los rayos del sol. Los buques del puerto, que tenían de sobra velas, jarcias, palos de reserva y vergas, suministraron los accesorios necesarios para la construcción de una tienda gigantesca. Un inmenso techo de lona se extendió muy pronto sobre la calcinada pradera y la defendió de los ardores del día. Trescientas mil personas pudieron colocarse en el local y desafiaron durante algunas horas una temperatura sofocante, aguardando la llegada del francés. Una tercera parte de aquellos espectadores podía ver y oír, otra tercera parte veía mal y no oía nada, y la otra restante ni oía ni veía, lo que, sin embargo, no impidió que fuese la más pródiga en aplausos.

A las tres apareció Miguel Ardan, acompañado de los principales miembros del *Gun-Club*. Daba el brazo derecho al presidente Barbicane, y el izquierdo a J. T. Maston, más radiante que el sol del mediodía y casi tan rutilante como él.

Ardan subió a un estrado, desde el cual paseaba sus miradas por un océano de sombreros negros. No parecía turbado, ni manifestaba el menor embarazo; estaba allí como en su casa, jovial, familiar, amable. Respondió con un gracioso saludo a los hurras con que le acogieron; reclamó silencio con un ademán; tomó la palabra en inglés, y se expresó muy correctamente en los siguientes términos:

—Señores —dijo—, a pesar del calor que hace aquí dentro, voy a abusar de vuestro tiempo para daros algunas explicaciones acerca de proyectos que parece que os interesan. Yo no soy un orador, ni un sabio, ni creía tener que hablar en público; pero mi amigo Barbicane me ha dicho que os gustaría oírme, y cedo a sus súplicas. Oídme, pues, con vuestros seiscientos mil oídos, y perdonad las muchas faltas del autor.

Este exordio, tan a la buena de Dios, gustó mucho a los concurrentes, y lo demostraron con un inmenso murmullo de satisfacción.

—Señores —volvió a decir—, podéis aprobar o desaprobar, según mejor os parezca, y empiezo. En primer lugar no olvidéis que el que os habla es un ignorante, pero de una ignorancia tal, que hasta ignora las dificultades. Así es que eso de irse a la Luna metido en un proyectil, le ha parecido la cosa más sencilla, más fácil y más natural del mundo. Tarde o temprano había de emprenderse este viaje, y en cuanto al género de locomoción adoptada, no hago más que seguir sencillamente la ley del progreso. El hombre empezó por andar a gatas, luego utilizó los pies, enseguida viajó en carro, después en coche, más adelante en barco, posteriormente en diligencia, y, por último, en vagón por caminos de hierro. Pues bien, el proyectil es el medio de locomoción del porvenir, y todo bien considerado, los planetas no son otra cosa, no son más que balas de cañón disparadas por la mano del Creador. Pero volvamos a nuestro vehículo. Algunos de vosotros, señores, creen que la velocidad que se le va a dar es excesiva. Los que así opinan están en un error. Todos los astros le exceden en rapidez, y la Tierra misma, en su movimiento de traslación alrededor del Sol, nos arrastra con una velocidad tres veces mayor. Pondré algunos ejemplos, y sólo os pido que me permitáis contar por leguas, porque las medidas americanas me son poco familiares, y podría incurrir en algún error en mis cálculos.

La demanda pareció muy justa y no tropezó con ninguna dificultad. El orador prosiguió:

—Voy, señores, a ocuparme de la velocidad de diferentes planetas. Confieso, aunque parezca falta de modestia, que, no obstante mi ignorancia, conozco muy exactamente este insignificante pormenor astronómico; pero antes de dos minutos sabréis todos acerca del particular tanto como yo. Sabed, pues, que Neptuno recorre 5000 leguas por hora; Urano 7000; Saturno, 8858; Júpiter, 11 575; Marte, 22 011; la Tierra, 27 500; Venus, 32 190; Mercurio, 52 250; ciertos cometas 1 400 000 leguas en su perigeo. En cuanto a nosotros, verdaderos haraganes, que tenemos siempre poca prisa, nuestra velocidad no pasa de 9900 leguas, y disminuirá incesantemente. Y ahora pregunto si no es evidente que todas esas velocidades serán algún día sobrepasadas por otras, de las cuales serán probablemente la luz y la electricidad los agentes mecánicos.

Nadie puso en duda esta afirmación de Miguel Ardan.

—Amados oyentes míos —repuso—, si nos dejásemos convencer por ciertos talentos limitados (no quiero calificarlos de otra manera), la humanidad estaría encerrada en un círculo de Pompilio del que no podría salir, y quedaría condenada a vegetar en este globo sin poder lanzarse nunca a los espacios planetarios. No será así. Se va a ir a la Luna, se irá a los planetas, se irá a las estrellas, como se va actualmente de Liverpool a Nueva York, fácilmente, rápidamente, seguramente, y el océano atmosférico se atravesará como se atraviesan los océanos de la Tierra. La distancia no es más que una palabra relativa, y acabará forzosamente por reducirse a cero.

La asamblea, aunque muy predispuesta en favor del francés, quedó como atónita delante de tan atrevida teoría.

Miguel Ardan lo comprendió.

—No os he convencido, insignes oyentes —añadió sonriendo afablemente—. Vamos, pues, a razonar. ¿Sabéis cuánto tiempo necesitaría un tren directo para llegar a la Luna? No más que trescientos días. Un trayecto de 80 400 leguas. ¡Vaya una gran cosa! No llega al que se tendría que recorrer para dar nueve veces la vuelta alrededor de la Tierra y no hay marinero ni viajero un poco diligente que no haya andado más durante su vida. Haceos cargo de que yo no gastaré en la travesía más que noventa y siete horas. ¡Pero vosotros os figuráis que la Luna está muy lejos de la Tierra, y que antes de emprender un viaje para ir a ella se necesita meditarlo mucho! ¿Qué diríais, pues, si se tratase de ir a Neptuno, que gravita del sol a 1147 millones? He aquí un viaje que, aunque no costase más que a cinco céntimos por kilómetro, podrían emprender muy pocos. El mismo barón de Rothschild, con sus inmensos tesoros, no tendría para pagar el pasaje, y tendría que quedarse en casa por faltarle ciento cuarenta millones.

Esta lógica *sui generis* gustó mucho a la asamblea, tanto más cuanto que Miguel Ardan, muy penetrado del asunto, lo trataba con un entusiasmo soberbio. No pudiendo dudar de la avidez con que se recogían sus palabras, prosiguió con admirable aplomo:

—Y ahora os diré, mis buenos amigos, que la distancia que separa a Neptuno del Sol es muy poca; para calcular la distancia de estos astros, es menester valerse de cosa comparada con la de las estrellas. Para evaluar esa enumeración fascinadora en que la cantidad más pequeña consta de nueve guarismos, y tomar por unidad el millón de millones. Perdonadme si me detengo tanto en este asunto, que es para mí de un interés capitalísimo. Oíd y juzgad: la estrella Alfa, que pertenece a la constelación del Centauro, se halla a 8000 millares de millones de leguas, a 50 000 millares de millones se halla Vega, a 50 000 millares de millones, Sirio, a 52 000 millares de millones, Arturo, a 117 millares de millones la Estrella Polar, a 170 millares de millones Cabra, y las demás estrellas a billones y a centenares de billones de leguas. ¡Y hay quien se ocupa de la distancia que separa a los planetas del Sol! ¡Y hay quien sostiene que esta distancia es tremenda! ¡Error! ¡Mentira! ¡Aberración de los sentidos! ¿Sabéis lo que yo opino acerca del mundo, que empieza en el Sol y concluye en Neptuno? ¿Queréis mi teoría? Es muy sencilla. Para mí el mundo solar es un cuerpo sólido, homogéneo; los planetas que lo componen se acercan, se tocan, se adhieren, y el espacio que queda entre ellos no es más que el espacio que separa las moléculas del metal más compacto, plata o hierro, oro o platino. Estoy, pues, en mi derecho afirmando y repitiendo con una convicción de que participaréis todos: la distancia es una palabra hueca, la distancia, como hecho concreto, como realidad, no existe.

—¡Muy bien dicho! ¡Bravo! ¡Hurra! —exclamó unánimemente la asamblea, electrizada por el gesto y el acento del orador y por el atrevimiento de sus concepciones.

—¡No! —exclamó J. T. Maston, con más energía que los otros—. ¡La distancia no existe! ¡La distancia no existe!

Y arrastrado por la violencia de sus movimientos y por el empuje de su cuerpo, que casi no pudo dominar, estuvo en un tris de caer al suelo desde el estrado. Pero consiguió restablecer su equilibrio, y evitó una caída, que le hubiera brutalmente probado que la distancia no es una palabra vacía de sentido. Luego, el entusiasta orador prosiguió:

—Amigos míos —dijo—, me parece que la cuestión queda resuelta. Si no he logrado convenceros a todos, se debe a que he sido tímido en mis demostraciones, débil en mis argumentos: y echad la culpa a la insuficiencia de mis estudios teóricos. Como quiera que sea, os lo repito, la distancia de la Tierra a su satélite es, en realidad, poco importante y no merece preocupar a un pensador grave y concienzudo. No creo, pues, avanzar demasiado diciendo que se establecerán próximamente trenes de proyectiles, en los que se hará con toda comodidad el viaje de la Tierra a la Luna. No habrá que temer choques, sacudidas ni descarrilamientos, y llegaremos rápidamente al término, sin fatiga, en línea recta; y antes de veinte años la mitad de la Tierra habrá visitado la Luna.

—¡Hurra! ¡Hurra por Miguel Ardan! —exclamaron todos los concurrentes, hasta los menos convencidos.

—¡Hurra por Barbicane! —respondió modestamente el orador.

Este acto de reconocimiento hacia el promotor de la empresa fue acogido con unánimes y calurosos aplausos.

—Ahora, amigos míos —añadió Miguel Ardan—, si tenéis que dirigirme alguna pregunta, pondréis evidentemente en un apuro a un pobre hombre como yo, pero, no obstante, procuraré responderos.

Motivos tenía el presidente del *Gun-Club* para estar satisfecho del giro que tomaba la discusión. Versaba sobre teorías especulativas, en las que Miguel Ardan, en alas de su viva imaginación, volaba muy alto. Era, pues, preciso impedir que la cuestión descendiera del terreno de la especulación al de la práctica, del cual no era fácil salir bien librado. Barbicane se apresuró a tomar la palabra, y preguntó a su nuevo amigo si era de la opinión de que la Luna o los planetas estuviesen habitados.

—Gran problema me propones, mi amigo presidente —replicó el orador sonriendo—; sin embargo, hombres de muy poderosa inteligencia, Plutarco, Swedemborg, Bernardino de Saint Pierre y otros muchos, se han pronunciado por la afirmativa. Considerando la cuestión bajo el punto de vista de la filosofía natural, me inclino a opinar como ellos, porque en el mundo no existe nada inútil, y contestando, amigo Barbicane, a tu cuestión con otra, afirmo que si los mundos son habitables, están habitados, o lo han estado o lo estarán.

—¡Muy bien! —exclamaron los espectadores de las primeras filas, que imponían su opinión a los de las últimas.

—Es imposible responder con más lógica y acierto —dijo el presidente del *Gun-Club*—. La cuestión queda reducida a los siguientes términos: ¿Los mundos son habitables? Yo creo que lo son.

—Y yo estoy de ello seguro —respondió Miguel Ardan.

—Sin embargo —replicó uno de los concurrentes—, hay argumentos contra la habitabilidad de los mundos. En la mayor parte de ellos sería absolutamente indispensable que los principios de la vida se modificasen, pues, sin hablar más que de los planetas, es evidente que en algunos de ellos el que los habitase se abrasaría y se helaría en otros, según su mayor o menor distancia del Sol.

—Siento —respondió Miguel Ardan— no conocer personalmente a mi distinguido antagonista para poder contestarle. Su objeción no carece de fuerza, pero creo que se la puede combatir victoriosamente, como se pueden combatir todas las teorías fundadas en la habitabilidad de los mundos. Si yo fuese físico, diría que, si bien es verdad que hay menos calórico en movimiento en los planetas próximos al Sol, y más calórico en movimiento en los que de él están lejos, este simple fenómeno basta para equilibrar el calor y volver la temperatura de dichos mundos soportable a seres que están organizados como nosotros. Si fuese naturalista, le diría, de acuerdo con muchos ilustres sabios, que la naturaleza nos suministra en la tierra ejemplos de animales que viven en distintas condiciones de habitabilidad; unos peces respiran en un medio que es mortal para los demás animales; que algunos habitantes de los mares se mantienen debajo de capas de una gran profundidad, soportando, sin ser aplastados, presiones de cincuenta o sesenta atmósferas; le diría que algunos insectos acuáticos, insensibles a la temperatura, se encuentran a la vez en los manantiales de agua hirviendo y en las heladas llanuras del océano polar; le diría, por último, que es preciso reconocer en la naturaleza una diversidad de medios de acción, que no deja de ser real aun siendo incomprensible, al menos para nosotros. Si yo fuese químico le diría que los aerolitos, cuerpos evidentemente formados fuera del mundo terrestre, han revelado al análisis indiscutibles vestigios de carbono, el cual no debe su origen más que a seres organizados, y, según los experimentos de Reichenbach, ha tenido necesariamente que ser *animalizado*. En fin, si fuese teólogo, le diría que, según san Pablo, la Redención divina no se aplica exclusivamente a la Tierra, sino que comprende a todos los mundos celestes. Pero yo no soy teólogo, ni químico, ni naturalista, ni físico, y como ignoro completamente las grandes leyes que rigen el universo, me limito a responder: No sé si los mundos están habitados; y como no lo sé, voy a verlos.

¿Aventuró el adversario de las teorías de Miguel Ardan algún otro argumento? Es imposible decirlo, porque los gritos frenéticos de la muchedumbre hubieran impedido a todas las opiniones manifestarse. Cuando se hubo restablecido el silencio hasta en los grupos más lejanos, el orador victorioso se contentó con añadir las siguientes consideraciones:

—Ya veis, valerosos yanquis, que yo no he hecho más que desflorar una cuestión de tanta trascendencia. No he venido aquí a dar lecciones, ni a sostener una tesis sobre tan vasto objeto. Omito otros varios argumentos en pro de la habitabilidad de los mundos. Permitidme, no obstante, insistir en un solo punto. A los que sostienen que los planetas no son habitados, es preciso responderles: Es posible que tengáis razón, si se demuestra que la Tierra es el mejor de los mundos posibles, lo que no está demostrado, diga Voltaire lo que quiera. Ella no tiene más que un satélite, al paso que Júpiter, Urano, Saturno y Neptuno tienen varios que les están subordinados, lo que constituye una ventaja que no es despreciable. Pero lo que principalmente hace nuestro globo poco cómodo, es la inclinación de su eje sobre su órbita, de lo que procede la desigualdad de los días y las noches y la molesta diversidad de estaciones. En nuestro desventurado esferoide hace siempre demasiado calor o demasiado frío: en él nos helamos en invierno y nos abrasamos en verano, es el planeta de los reumatismos, de los resfriados y de las fluxiones, al paso que en la superficie de Júpiter, por ejemplo, cuyo eje está muy poco inclinado[57], los habitantes podrían gozar de temperaturas invariables, pues si bien hay allí la zona de las primaveras, la de los veranos, la de los otoños y la de los inviernos, cada uno podría escoger el clima que más le conviniese y ponerse durante toda su vida al abrigo de las variaciones de la temperatura. No tendréis ningún inconveniente en convenir conmigo en esta superioridad de Júpiter sobre nuestro planeta, sin hablar de sus años, de los cuales cada uno vale por doce de los nuestros. Es, además, evidente para mí que, bajo estos auspicios y en condiciones de existencia tan maravillosas, los habitantes de aquel mundo afortunado son seres superiores, que en él los sabios son más sabios, los artistas más artistas, los malos menos malos y los buenos mucho mejores. ¡Ay! ¿Qué le falta a nuestro esferoide para alcanzar esta perfección? Muy poca cosa, un eje de rotación menos inclinado sobre el plano de su órbita.

—¿Nada más? —exclamó una voz imperiosa—. Pues unamos nuestros esfuerzos, inventemos máquinas y enderecemos el eje de la Tierra.

Una salva de aplausos sucedió a esta proposición, cuyo autor era y no podía ser más que J. T. Maston. Es probable que el fogoso secretario hubiese sido arrastrado a tan atrevida proposición por sus instintos de ingeniero. Pero, a decir verdad, muchos le aplaudieron de buena fe, y si hubieran tenido el punto de apoyo reclamado por Arquímedes, los americanos hubieran construido una palanca capaz de levantar el mundo y enderezar su eje. ¡El punto de apoyo! He aquí lo único que faltaba a aquellos temerarios mecánicos.

Con todo, una idea tan *eminentemente práctica* alcanzó un éxito extraordinario. Se suspendió la discusión por espacio de un cuarto de hora, y durante mucho, muchísimo tiempo, se habló en los Estados Unidos de América de la proposición tan enérgicamente formulada por el secretario perpetuo del *Gun-Club.*

[57] La inclinación de Júpiter sobre su eje no es más que de 3° 5'. *(N. del T.)*

CAPÍTULO XX

Ataque y respuesta

Parecía que este incidente debía terminar la discusión. Era la *última palabra,* y difícilmente se hubiese encontrado otra mejor. Sin embargo, cuando se hubo calmado la agitación, oyéronse las siguientes frases pronunciadas con voz fuerte y sonora:

—Ahora que el orador ha pagado a la fantasía el debido tributo, ¿querrá entrar en materia y, sin teorizar tanto, discutir la parte práctica de su expedición?

Todas las miradas se dirigieron hacia el personaje que de este modo hablaba. Era un hombre flaco, enjuto de carnes, de semblante enérgico, con una enorme perilla a la americana que subrayaba todos los movimientos de su boca. Aprovechando hábilmente la agitación que de cuando en cuando se había producido en la asamblea, consiguió poco a poco colocarse en primera fila. Con los brazos cruzados y los ojos brillantes y atrevidos, miraba imperturbablemente al héroe del mitin. Después de haber formulado su pregunta, calló, sin hacer ningún caso de millares de miradas que convergían en él ni de los murmullos de desaprobación que provocaron sus palabras. Haciéndose aguardar la respuesta, sentó de nuevo la cuestión con el mismo acento claro y preciso, y luego añadió:

—Estamos aquí para ocuparnos de la Luna y no de la Tierra.

—Tenéis razón, caballero —respondió Miguel—. La discusión se ha extraviado. Volvamos a la Luna.

—Caballero —repuso el desconocido—; estáis empeñado en que se halla habitado nuestro satélite. De acuerdo. Pero si existen *selenitas,* es seguro que estos viven sin respirar, porque (por vuestro interés os lo digo) no hay en la superficie de la Luna la menor molécula de aire.

Al oír esta afirmación, levantó Ardan su melenuda cabeza, comprendiendo que con aquel hombre se iba a empeñar una lucha sobre lo más capital de la cuestión.

—¿Conque no hay aire en la Luna? ¿Y quién lo dice? —preguntó, mirándole fijamente.

—Los sabios.

—¿De veras?

—De veras.

—Caballero —replicó Miguel—; lo digo seriamente: profeso la mayor estimación a los sabios que saben, pero los sabios que no saben me inspiran un desdén profundo.

—¿Conocéis a alguno que pertenezca a esta última categoría?

—Alguno conozco. En Francia hay uno de ellos que sostiene que matemáticamente el pájaro no puede volar, y otro cuyas teorías demuestran que el pez no está organizado para vivir en el agua.

—No se trata de esos sabios, y los nombres que yo podría citar en apoyo de mi proposición no serían rehusados por vos, caballero.

—Entonces pondríais en grave apuro a un pobre ignorante como yo, que, por otra parte, no desea más que instruirse.

—¿Por qué, pues, os ocupáis de cuestiones científicas si no las habéis estudiado? —preguntó el desconocido bastante brutalmente.

—¿Por qué? —respondió Ardan—. Por la misma razón que es siempre intrépido el que no sospecha el peligro. Yo no sé nada, es verdad, pero precisamente es mi debilidad quien forma mi fuerza.

—Vuestra debilidad va hasta la locura —exclamó el desconocido, con un tono bastante agrio.

—¡Tanto mejor —respondió el francés—, si mi locura me lleva a la Luna!

Barbicane y sus colegas devoraban con la mirada a aquel intruso que acababa tan audazmente de colocarse como un obstáculo delante de la empresa. Nadie le conocía, y el presidente, que no las tenía todas consigo respecto a las consecuencias de una discusión que tan audazmente se interponía en su camino, miraba con cierto recelo a su nuevo amigo. La asamblea estaba atenta y algo inquieta, porque aquella polémica daba por resultado llamar la atención sobre los peligros o imposibilidades de la expedición.

—Las razones que prueban la falta de toda atmósfera alrededor de la Luna son numerosas y concluyentes —respondió el adversario de Miguel Ardan—. Me atrevo a decir *a priori* que, en el caso de haber existido alguna vez esta atmósfera, la Tierra la habría arrebatado a su satélite. Pero prefiero oponer hechos irrecusables.

—Oponed cuantos hechos queráis —respondió Miguel Ardan con perfecta galantería.

—Ya sabéis —dijo el desconocido— que cuando los rayos luminosos atraviesan un medio tal como el aire, se desvían de la línea recta, o, lo que es lo mismo, experimentan una refracción. Pues bien, los rayos de las estrellas que la Luna oculta, al pasar rasando el borde del disco lunar, no experimentan desviación alguna, ni dan el menor indicio de refracción. Es, pues, evidente que no se halla la Luna envuelta en una atmósfera.

Todos miraron a Ardan con cierta ansiedad y hasta con cierta lástima, como si previesen su derrota, pues, en realidad, siendo cierto el hecho que la observación revelaba, la consecuencia que de él deducía el desconocido era rigurosamente lógica.

—He aquí —respondió Miguel Ardan— vuestro mejor, por no decir vuestro único, argumento valedero, con el cual hubierais puesto en un brete al sabio obligado a contestaros; pero yo me limitaré a deciros que vuestro argumento no tiene un valor absoluto, porque supone que el diámetro angular de la Luna está perfectamente determinado, lo que no es exacto. Pero dejando a un lado vuestro argumento, decidme si admitís la existencia de volcanes en la superficie de la Luna.

—De volcanes apagados, sí; de volcanes encendidos, no.

—Dejadme, no obstante, creer, sin traspasar los límites de la lógica, que los tales volcanes estuvieron en actividad durante algún tiempo.

—Es cierto, pero como podían suministrar ellos mismos el oxígeno necesario para la combustión, el hecho de su erupción no prueba en manera alguna la presencia de una atmósfera lunar.

—Adelante —respondió Miguel Ardan—, y dejemos a un lado esta clase de argumentos para llegar a observaciones directas. Pero os pregunto que voy a citar nombres propios.

—Citadlos.

—En 1815, los astrónomos Louville y Halley, observando el eclipse del 3 de mayo, notaron en la Luna ciertos fulgores de una naturaleza extraña, frecuentemente repetidos. Los atribuyeron a tempestades que se desencadenan en la atmósfera que envuelve a veces la Luna.

—En 1815 —replicó el desconocido—, los astrónomos Louville y Halley tomaron por fenómenos lunares fenómenos puramente terrestres, tales como bólidos, aerolitos u otros, que se producían en nuestra atmósfera. He aquí lo que respondieron los sabios al anuncio del citado fenómeno, y lo mismo respondo yo, ni más ni menos.

—Quiero suponer que tengáis razón —respondió Ardan, sin que la contestación de su adversario le hiciese la menor mella—. ¿No observó Herschell, en 1787, un gran número de puntos luminosos en la superficie de la Luna?

—Es verdad, pero sin explicarse su origen. Él mismo no dedujo de su aparición la necesidad de una atmósfera lunar.

—Bien respondido —dijo Miguel Ardan, cumplimentando a su antagonista—; veo que sois muy fuerte en selenografía.

—Muy fuerte, caballero, y añadiré que los señores Beer y Moedler, que son los más hábiles observadores, los que mejor han estudiado el astro de la noche, están de acuerdo sobre la falta absoluta de aire en su superficie.

Se produjo cierta sensación en el auditorio, al cual empezaban a convencer los argumentos del personaje desconocido.

—Adelante —respondió Miguel Ardan con la mayor calma—, y llegamos ahora a un hecho importante. El señor Laussedat, hábil astrónomo francés, observando el eclipse del 18 de junio de 1860, comprobó que los extremos del creciente solar estaban redondeados y truncados. Este fenómeno no pudo ser producido más que por una desviación de los rayos del sol al atravesar la atmósfera de la Luna, sin que haya otra explicación posible.

—¿Pero el hecho es cierto? —preguntó con viveza el desconocido.

—Absolutamente cierto.

Un movimiento inverso al que había experimentado la asamblea poco antes se tradujo en rumores de aprobación a su héroe favorito, cuyo adversario guardó silencio. Ardan repitió la frase, y, sin envanecerse por la ventaja que acababa de obtener, dijo sencillamente:

—Ya veis, pues, mi querido caballero, que no conviene pronunciarse de una manera absoluta contra la existencia de una atmósfera en la superficie de la Luna. Esta atmósfera es probablemente muy poco densa, bastante sutil, pero la ciencia en la actualidad admite generalmente su existencia.

—No en las montañas, por más que lo sintáis —respondió el desconocido, que no quería dar su brazo a torcer.

—Pero sí en el fondo de los valles, y no elevándose más allá de algunos centenares de pies.

—Aunque así fuese, haríais bien en tomar vuestras precauciones, porque el tal aire estará terriblemente enrarecido.

—¡Oh! Caballero, siempre habrá el suficiente para un hombre sólo, y además, una vez allí, procuraré economizarlo todo lo que pueda y no respirar sino en las grandes ocasiones.

Una estrepitosa carcajada retumbó en los oídos del misterioso interlocutor, el cual paseó sus miradas por la asamblea desafiándola con orgullo.

—Ahora bien —repuso Miguel Ardan con cierta indiferencia—, puesto que estamos de acuerdo sobre la existencia de una atmósfera lunar, tenemos también que admitir la presencia de cierta cantidad de agua. Esta es una consecuencia que me alegro de poder sacar por la cuenta que me tiene. Permitidme, además, mi amable contradictor, someter una observación a vuestro ilustrado criterio. Nosotros no conocemos más que un lado del disco de la Luna, y aunque haya poco aire en el lado que nos mira, es posible que haya mucho en el opuesto.

—¿Por qué razón?

—Porque la Luna, bajo la acción de la atracción terrestre, ha tomado la forma de un huevo, que vemos por su extremo más pequeño. De aquí ha deducido Hansteen, cuyos cálculos son siempre de trascendencia, que el centro de la gravedad de la Luna está situado en el otro hemisferio, y, por consiguiente, todas las masas de aire y agua han debido ser arrastradas al otro extremo de nuestro satélite desde los primeros días de su creación.

—¡Paradojas! —exclamó el desconocido.

—¡No! Teorías que se apoyan en las leyes de la mecánica, y que me parecen difíciles de refutar. Apelo al buen juicio de esta asamblea, y pido que ella diga si la vida, tal como existe en la Tierra, es o no posible en la superficie de la Luna. Deseo que se vote esta proposición.

La proposición obtuvo los aplausos unánimes de trescientos mil oyentes. El adversario de Miguel Ardan quería replicar, pero no pudo hacerse oír. Caía sobre él una granizada de gritos y amenazas.

—¡Basta! ¡Basta! —decían unos.

—¡Fuera el intruso! —repetían otros.

—¡Fuera! ¡Fuera! —exclamaba la irritada muchedumbre.

Pero él, firme, agarrado al estrado, dejaba pasar sin moverse la tempestad, la cual hubiese tomado proporciones formidables si Miguel Ardan no la hubiese apaciguado con un ademán. Era de un carácter demasiado caballeresco para abandonar a su contradictor en el apuro en que le veía.

—¿Deseáis añadir algunas palabras? —le preguntó con la mayor cortesía.

—¡Sí! ¡Ciento! ¡Mil! —respondió el desconocido, con arrebato—. Pero, no, me basta una sola. Para perseverar en vuestro proyecto, preciso es que seáis...

—¿Imprudente? ¿Cómo podéis tratarme así, sabiendo que he pedido una bala cilíndrico-cónica a mi amigo Barbicane, para no dar por el camino vueltas y revueltas como una ardilla?

—¡Desgraciado! ¡Al salir del cañón, la repercusión os hará pedazos!

—Mi querido colega, acabáis de poner el dedo en la llaga, en la verdadera y única dificultad; pero la buena opinión que tengo formada del genio industrial de los americanos me permite creer que llegará a resolverse...

—¿Y el calor desarrollado por la velocidad del proyectil al atravesar las capas del aire?

—¡Oh! Sus paredes son gruesas, ¡y cruzará con tanta rapidez la atmósfera!

—¿Y víveres? ¿Y agua?

—He calculado que podría llevar víveres y agua para un año —respondió Ardan—, y la travesía durará cuatro días.

—¿Y aire para respirar durante el viaje?

—Lo haré artificialmente por procedimientos químicos bien conocidos.

—Pero, ¿y vuestra caída en la Luna, suponiendo que lleguéis a ella?

—Será seis veces menos rápida que una caída en la Tierra, porque el peso es seis veces menor en la superficie de la Luna.

—¡Pero aun así, será suficiente para romperos como un pedazo de vidrio!

—¿Y quién me impedirá retardar mi caída por medio de cohetes convenientemente dispuestos y disparados en ocasión oportuna?

—Por último, aun suponiendo que se hayan resuelto todas las dificultades, que se hayan allanado todos los obstáculos, que se hayan reunido a favor vuestro todas las probabilidades, aun admitiendo que lleguéis sano y salvo a la Luna, ¿cómo volveréis?

—¡No volveré!

A esta respuesta, sublime por su sencillez, la asamblea quedó muda. Pero su silencio fue más elocuente que todos los gritos de entusiasmo. El desconocido se aprovechó de él para protestar por última vez.

—Os mataréis infaliblemente —exclamó—, y vuestra muerte, que no será más que la muerte de un insensato, ¡ni siquiera servirá de algo a la ciencia!

—¡Proseguid, mi generoso desconocido, porque, la verdad, vuestros pronósticos son muy agradables!

—¡Ah! ¡Eso es demasiado! —exclamó el adversario de Miguel Ardan—. ¡Y no sé por qué pierdo el tiempo en una discusión tan poco formal! ¡No desistáis de vuestra loca empresa! ¡No es vuestra la culpa!

—¡Oh! ¡No salgáis de vuestras casillas!

—¡No! Sobre otro pesará la responsabilidad de vuestros actos.

—¿Sobre quién? —preguntó Miguel Ardan con voz imperiosa—. ¿Sobre quién? Decidlo.

—Sobre el ignorante que ha organizado esta tentativa tan imposible como ridícula.

El ataque era directo. Barbicane, desde la intervención del desconocido, tuvo que esforzarse mucho para contenerse y conservar su sangre fría; pero viéndose ultrajado de una manera tan terrible, se levantó precipitadamente, y ya marchaba hacia su adversario, que le miraba frente a frente y le aguardaba con la mayor serenidad, cuando se vio súbitamente separado de él.

De pronto, cien brazos vigorosos levantaron en alto el estrado, y el presidente del *Gun-Club* tuvo que compartir con Miguel Ardan los honores del triunfo. La carga era pesada, pero los que la llevaban se iban relevando sin cesar, luchando todos con el mayor encarnizamiento unos contra otros para prestar a aquella manifestación el apoyo de sus hombros.

Sin embargo, el desconocido no se había aprovechado del tumulto para dejar su puesto. ¿Pero, acaso, aunque hubiese querido, hubiera podido evadirse en medio de aquella compacta muchedumbre? Lo cierto es que no pensó en escurrirse, pues se mantenía en primera fila, con los brazos cruzados, y miraba a Barbicane como si quisiera comérselo.

Tampoco Barbicane le perdía de vista y las miradas de aquellos dos hombres se cruzaban como dos espadas diestramente esgrimidas.

Los gritos de la muchedumbre duraron tanto como la marcha triunfal. Miguel Ardan se dejaba llevar con un placer evidente. Su rostro estaba radiante. De cuando en cuando parecía que el estrado se balanceaba como un buque azotado por las olas. Pero los héroes de la fiesta, acostumbrados a navegar, no se mareaban, y su buque llegó sin ninguna avería al puerto de Tampa.

Miguel Ardan pudo afortunadamente ponerse a salvo de los abrazos y apretones de manos de sus vigorosos admiradores. En la fonda *Franklin* encontró un refugio, subió a su cuarto y se metió entre sábanas, mientras un ejército de cien mil hombres velaba bajo sus ventanas.

Al mismo tiempo ocurría una escena corta, grave, y decisiva entre el personaje misterioso y el presidente del *Gun-Club*.

Barbicane, apenas se vio libre, se dirigió a su adversario.

—¡Venid! —le dijo con voz breve.

El desconocido le siguió y no tardaron en hallarse los dos solos en un malecón sito en el Jone's-Fall.

No se conocían aún, y se miraron.

—¿Quién sois? —preguntó Barbicane.

—El capitán Nicholl.

—Me lo figuraba. Hasta ahora la casualidad no os había colocado en mi camino...

—¡Me he colocado en él yo mismo!

—¡Me habéis insultado!

—Públicamente.

—Me daréis satisfacción del insulto.

—Ahora mismo.

—No, quiero que todo pase secretamente entre nosotros. Hay un bosque, el bosque de Skernaw, a tres millas de Tampa. ¿Lo conocéis?

—Lo conozco.

—¿Tendréis inconveniente en entrar en él por un lado mañana por la mañana a las cinco?

—Ninguno, sí a la misma hora entráis vos por el otro lado.

—¿Y no olvidaréis vuestro rifle? —dijo Barbicane.

—Ni vos el vuestro —respondió Nicholl.

Pronunciadas estas palabras con la mayor calma, el presidente del *Gun-Club* y el capitán se separaron. Barbicane volvió a su casa, pero, en vez de descansar, pasó la noche buscando el medio de evitar la repercusión del proyectil y resolver el difícil problema presentado por Miguel Ardan en la discusión del mitin.

CAPÍTULO XXI

Cómo arregla un francés un desafío

Mientras entre el presidente y el capitán se concertaba aquel duelo terrible y salvaje en que un hombre se hace a la vez res y cazador de otro hombre, Miguel Ardan descansaba de las fatigas del triunfo. Pero no descansaba, no es esta la expresión propia, porque los colchones de las camas americanas nada tienen que envidiar por su dureza al mármol y al granito.

Ardan dormía, pues, bastante mal, volviéndose de un lado a otro entre las servilletas que le servían de sábanas, y pensaba en proporcionarse un lugar de descanso más cómodo y mullido en su proyectil, cuando un violento ruido le arrancó de sus sueños. Golpes desordenados conmovían su puerta como si fuesen dados con un martillo, mezclándose con aquel estrépito tan temprano gritos desaforados.

—¡Abre! —gritaba una voz desde fuera—. ¡Abre pronto, en nombre del cielo!

Ninguna razón tenía Ardan para acceder a una demanda tan estrepitosamente formulada. No obstante, se levantó y abrió la puerta, en el momento de ir esta a ceder a los esfuerzos del obstinado visitante.

El secretario del *Gun-Club* se metió en el cuarto. No hubiera una bomba entrado en él con menos ceremonias.

—Anoche —exclamó J. T. Maston al momento—, nuestro presidente, durante el mitin, fue públicamente insultado. ¡Ha provocado a su adversario, que es nada menos que el capitán Nicholl! ¡Se baten los dos esta mañana en el bosque de Skernaw! ¡Lo sé todo por el mismo Barbicane! ¡Si este muere, fracasan sus proyectos! ¡Es, pues, preciso impedir el duelo a toda costa! ¡No hay más que un hombre en el mundo que ejerza sobre Barbicane bastante imperio para detenerle, y este hombre es Miguel Ardan!

En tanto que J. T. Maston hablaba como acabamos de referir, Miguel Ardan, sin interrumpirle, se vistió su ancho pantalón, y no habían transcurrido aún dos minutos, cuando los dos amigos ganaban a escape los arrabales de Tampa.

Durante el camino, Maston acabó de poner a Ardan al corriente de todo el asunto. Le dio a conocer las verdaderas causas de la enemistad de Barbicane y de Nicholl, la antigua rivalidad, los amigos comunes que mediaron para que los adversarios no se encontrasen nunca cara a cara, y añadió que se trataba únicamente de una pugna entre plancha y proyectil, de suerte que la escena del mitin no había sido más que una ocasión rebuscada desde mucho tiempo por el rencoroso Nicholl para armar camorra.

Nada más terrible que esos duelos propios de los americanos, durante los cuales los dos adversarios se buscan por entre la maleza y los matorrales, se acechan desde un escondrijo cualquiera y se disparan las armas en medio de lo más enmarañado de las selvas, como bestias feroces. ¡Cuánto, entonces, deben envidiar los combatientes las maravillosas cualidades de los indios de las praderas: su perspicacia, su astucia, su conocimiento de los rastros, su olfato para percibir al enemigo! Un error, una vacilación, un mal paso, pueden acarrear la muerte. En estos momentos, los yanquis se hacen con frecuencia acompañar de sus perros, y, cazando y siendo cazados a un mismo tiempo, se persiguen a menudo durante horas y horas.

—¡Qué diablos de gente sois! —exclamó Miguel Ardan, cuando su compañero le pintó con mucho realismo todos los pormenores.

—Somos como somos —respondió modestamente J. T. Maston—; pero démonos prisa.

Él y Miguel Ardan tuvieron que correr mucho para atravesar la llanura humedecida por el rocío, pasar arrozales y torrentes, y atajar por el camino más corto, y aun así no pudieron llegar al bosque de Skernaw antes de las cinco y media. Hacía media hora que Barbicane debía encontrarse en el teatro de la lucha.

Allí estaba un viejo leñador haciendo pedazos algunos árboles caídos.

Maston corrió hacia él gritando:

—¿Habéis visto entrar en el bosque a un hombre armado de rifle, a Barbicane, el presidente..., mi mejor amigo...?

El digno secretario del *Gun-Club* pensaba cándidamente que su presidente no podía dejar de ser conocido de todo el mundo. Pero no pareció que el leñador le comprendiese.

—Un cazador —dijo entonces Ardan.

—¿Un cazador? Sí, le he visto —respondió el leñador.

—¿Hace mucho tiempo?

—Cosa de una hora.

—¡Hemos llegado tarde! —exclamó Maston.

—¿Y habéis oído algún tiro? —preguntó Miguel Ardan.

—No.

—¿Ni uno sólo?

—Ni uno sólo. Me parece que el tal cazador no hace negocio.

—¿Qué hacemos, Maston?

—Entrar en el bosque, aunque sea exponiéndonos a un balazo por un *quid pro quo*.

—¡Ah! —exclamó Maston con un acento de verdad, salido del fondo de su corazón—. Preferiría diez balas en mi cabeza a una sola en la de Barbicane.

—¡Adelante, pues! —respondió Ardan, estrechando la mano de su compañero.

A los pocos segundos, los dos amigos desaparecieron en el espeso bosque de cedros, sicómoros, tuliperos, icacos, pinos, encinas y mangos, que entrecruzaban sus ramas formando una inextricable red y privando a la vista de todo horizonte. Miguel Ardan y Maston no se separaban uno de otro, cruzando silenciosamente las altas hierbas, abriéndose camino por entre vigorosos bejucales, interrogando con la mirada las matas y el ramaje perdidos en la sombría espesura y esperando oír de un momento a otro el mortífero estampido de los rifles. Imposible les hubiera sido reconocer las huellas que marcasen el tránsito de Barbicane, marchando como ciegos por senderos casi vírgenes y cubiertos de broza, donde un indio hubiera seguido uno tras otro todos los pasos de un enemigo.

Pasada una hora de búsqueda estéril y ociosa, los dos compañeros se detuvieron. Su zozobra iba en aumento.

—Necesariamente debe haber concluido todo —dijo Maston, desalentado—. Un hombre como Barbicane no se vale de astucias contra su enemigo, ni le tiende lazos, ni procura desorientarse. ¡Es demasiado franco, demasiado valiente! ¡Ha acometido, pues, el peligro de frente, y sin duda tan lejos del leñador que este no ha oído la detonación del arma!

—Pero, ¡y nosotros! ¡Nosotros! —respondió Miguel Ardan—. En el tiempo que ha transcurrido desde que entramos en el bosque, algo habríamos oído.

—¿Y si hubiésemos llegado demasiado tarde? —exclamó Maston con un acento de desesperación.

Miguel Ardan no supo qué responder. Él y Maston prosiguieron su interrumpida marcha. De cuando en cuando gritaban con toda la fuerza de sus pulmones, ya llamando a Barbicane, ya a Nicholl; pero ninguno de los dos adversarios respondía a sus voces. Alegres bandadas de pájaros, que se levantaban al ruido de sus pasos y de sus palabras, desaparecían entre las ramas, y algunos gansos azorados huían precipitadamente hasta perderse en el fondo de las selvas.

Una hora más se prolongaron aún las pesquisas. Ya había sido explorada la mayor parte del bosque. Nada revelaba la presencia de los combatientes. Motivos había para dudar de las afirmaciones del leñador, y Ardan iba ya a renunciar a un reconocimiento que le parecía inútil, cuando de repente Maston se detuvo.

—¡Silencio! —dijo—. ¡Allí hay alguien!

—¡Alguien! —repitió Miguel Ardan.

—¡Sí! ¡Un hombre! Parece inmóvil. No tiene el rifle en las manos. ¿Qué hace, pues?

—¿Puedes reconocerle? —preguntó Miguel Ardan, cuya cortedad de vista era para él un gran inconveniente en aquellas circunstancias.

—¡Sí! ¡Sí! Ahora se vuelve —respondió Maston.

—¿Y quién es...?

—El capitán Nicholl.

—¡Nicholl! —respondió Miguel Ardan, sintiendo oprimírsele el corazón.

—¡Nicholl, desarmado! ¿Con que nada tiene ya que temer de su adversario?

—Vamos hacia él —dijo Miguel Ardan— y sabremos a qué atenernos.

Pero él y su compañero no habían aún dado cincuenta pasos, cuando se detuvieron para examinar más atentamente al capitán. ¡Se habían figurado encontrar un hombre sediento de sangre y entregado enteramente a su venganza! Al verle, quedaron atónitos.

Entre los tuliperos gigantescos había tendida una red de malla estrecha, en cuyo centro, un pajarillo, con las alas enredadas, forcejeaba lanzando lastimosos quejidos. El cazador que había armado aquella inextricable artimaña, no era humano: era una araña venenosa, indígena del país, del tamaño de un huevo de paloma y provista de enormes patas. El repugnante animal, en el momento de precipitarse contra su presa, se vio a su vez amenazado de un enemigo temible, y retrocedió para buscar asilo en las altas ramas del tulipero.

El capitán Nicholl, que, olvidando los peligros que le amenazaban, había dejado el rifle en el suelo, se ocupaba en libertar con la mayor delicadeza posible a la víctima cogida en la red de la monstruosa araña. Cuando hubo concluido su operación, devolvió la libertad al pajarillo, que desapareció moviendo alegremente las alas.

Nicholl le veía, enternecido, huir por entre las ramas, cuando oyó las siguientes palabras, pronunciadas con voz conmovida:

—¡Sois un valiente y un hombre de bien a carta cabal!

Se volvió. Miguel Ardan se hallaba en su presencia, repitiendo en todos los tonos:

—¡Y un hombre generoso!

—¡Miguel Ardan! —exclamó el capitán—. ¿Qué venís a hacer aquí, caballeros?

—Vengo, Nicholl, a daros un apretón de manos y a impedir que matéis a Barbicane o que él os mate.

—¡Barbicane! ¡Dos horas hace que le busco y no le encuentro! ¿Dónde se oculta?

—Nicholl —dijo Miguel Ardan—, eso no es decoroso. Se debe respetar siempre a un adversario. Tranquilizaos, que si Barbicane vive, le encontraremos, tanto más cuanto que, a no ser que se divierta como vos en socorrer pájaros oprimidos, él también os estará buscando. Pero Miguel Ardan es quien lo dice, cuando le hayamos encontrado, no se tratará ya de duelo entre vosotros.

—Entre el presidente Barbicane y yo —respondió gravemente Nicholl— hay una rivalidad tal que sólo la muerte de uno de los dos...

—No prosigáis —repuso Miguel Ardan—; valientes como vosotros, aun siendo enemigos, pueden estimarse. No os batiréis.

—¡Me batiré, caballero!

—¡No!

—Capitán —dijo entonces J. T. Maston con la mayor sinceridad y ardiente fe—, soy el amigo del presidente, su *alter ego;* si os empeñáis en matar a alguien, matadme a mí, y será exactamente lo mismo.

—Caballero —dijo Nicholl, apretando convulsivamente su rifle—, esas chanzas...

—El amigo Maston no se chancea —respondió Miguel Ardan—, y comprendo su resolución de hacerse matar por el hombre que es su amigo predilecto. Pero ni él ni Barbicane caerán heridos por las balas del capitán Nicholl, porque tengo que hacer a los dos rivales una proposición tan seductora que la aceptarán con entusiasmo.

—¿Qué proposición? —preguntó Nicholl con visible incredulidad.

—Un poco de paciencia —respondió Ardan—; no puedo dárosla a conocer sino en presencia de Barbicane.

—Busquémosle, pues —exclamó el capitán.

Inmediatamente, los tres se pusieron en marcha. El capitán, después de haber puesto el seguro al rifle que llevaba amartillado, se lo echó a la espalda y avanzó con paso reprimido, sin decir una palabra. Durante media hora, las pesquisas siguieron siendo inútiles. Maston se sentía preocupado por un siniestro presentimiento. Observaba a Nicholl con severidad, preguntándose si habría el capitán satisfecho su venganza, y si el desgraciado Barbicane, herido de un balazo, yacía sin vida en el fondo del matorral, ensangrentado. Miguel Ardan había, al parecer, concebido la misma sospecha, y los dos interrogaban con la vista al capitán Nicholl, cuando Maston se detuvo de repente.

Medio oculto por la hierba, aparecía a veinte pasos de distancia el busto de un hombre apoyado en el tronco de una caoba gigantesca.

—¡Él es! —dijo Maston.

Barbicane no se movía. Ardan abismó sus miradas en los ojos del capitán, pero este permaneció impasible. Ardan dio algunos pasos, gritando:

—¡Barbicane! ¡Barbicane!

No obtuvo respuesta. Entonces se precipitó hacia su amigo; pero en el momento de irle a coger del brazo, se contuvo, lanzando un grito de sorpresa.

Barbicane, con el lápiz en la mano, trazaba fórmulas y figuras geométricas en un libro de memorias, teniendo echado en el suelo, de cualquier modo, su rifle desmontado.

Absorto en su ocupación, sin pensar en su desafío ni en su venganza, el sabio nada había visto ni oído. Pero cuando Miguel Ardan le dio la mano, se levantó y le miró con asombro.

—¡Cómo! —exclamó—. ¡Tú aquí! ¡Ya apareció aquello, amigo mío! ¡Ya apareció aquello!

—¿Qué?

—¡Mi medio!

—¿Qué medio?

—¡El de anular el efecto de la repercusión al arrancar el proyectil!

—¿De veras? —dijo Miguel, mirando al capitán con el rabillo del ojo.

—¡Sí, con agua! ¡Con agua común, que amortiguará...! ¡Ah, Maston! —exclamó Barbicane—. ¡Vos también!

—El mismo —respondió Miguel Ardan—. Y permítame presentarle al mismo tiempo al digno capitán Nicholl.

—¡Nicholl! —exclamó Barbicane, que se puso en pie al momento—. Perdón, capitán —dijo—. Había olvidado... Estoy pronto...

Miguel Ardan intervino sin dar a los dos enemigos tiempo de interpelarse.

—¡Voto al chápiro! —dijo—. ¡Fortuna ha sido que valientes como vosotros no se hayan encontrado antes! Ahora tendríamos que llorar a uno u otro de los dos. Pero gracias a Dios, que ha intervenido, no hay ya nada que temer. Cuando se olvida el odio para abismarse en problemas de mecánica o jugar una mala pasada a las arañas, el tal odio no es peligroso para nadie.

Y Miguel Ardan contó al presidente la historia del capitán.

—Ahora quisiera que me dijeseis —prosiguió— si dos hombres de tan buenos sentimientos como vosotros, han sido creados para romperse la cabeza a balazos.

En aquella situación, un si es no es ridícula, había algo tan inesperado, que Barbicane y Nicholl no sabían qué actitud adoptar uno respecto de otro. Miguel Ardan lo comprendió, y resolvió precipitar la reconciliación.

—Mis buenos amigos —dijo, dejando asomar a sus labios su mejor sonrisa—, entre vosotros no ha habido nunca más que una mala inteligencia. No ha habido otra cosa. Pues bien, para probar que todo entre vosotros ha concluido, y puesto que sois hombres a quienes no duelen prendas y saben arriesgar su pellejo, aceptad francamente la proposición que voy a haceros.

—Hablad —dijo Nicholl.

—El amigo Barbicane cree que su proyectil irá derecho a la Luna.

—Sí, lo creo —replicó el presidente.

—Y el amigo Nicholl está persuadido de que volverá a caer en la Tierra.

—Estoy seguro —exclamó el capitán.

—De acuerdo —repuso Miguel Ardan—. No trato de poneros de acuerdo, pero os digo simplemente: Partid conmigo y lo veréis.

—¡Qué idea! —murmuró J. T. Maston, asombrado.

Al oír aquella proposición tan imprevista, los dos rivales se miraron recíprocamente y siguieron observándose con atención. Barbicane aguardaba la respuesta del capitán. Nicholl espiaba las palabras del presidente.

—¿Qué resolvéis? —dijo Miguel, con un acento que obligaba—. ¡Ya que no hay que temer repercusiones...!

—¡Aceptado! —exclamó Barbicane.

Pese a la rapidez con que pronunció la palabra, Nicholl la acabó de pronunciar al mismo tiempo.

—¡Hurra! ¡Bravo! ¡Viva! ¡Hip, hip! —exclamó Miguel Ardan, tendiendo la mano a los dos adversarios—. Y ahora que el asunto está arreglado, permitidme, amigos míos, trataros a la francesa. Vamos a almorzar.

CAPÍTULO XXII

El nuevo ciudadano de los Estados Unidos

Aquel mismo día, América entera supo, al mismo tiempo que el desafío del capitán Nicholl y del presidente Barbicane, el singular desenlace que había tenido. El papel desempeñado por el caballeresco europeo, su inesperada proposición con que zanjó las dificultades, la simultánea aceptación de los dos rivales, la conquista del continente lunar, a la cual iban a marchar de acuerdo Francia y los Estados Unidos, todo contribuía a aumentar más y más la popularidad de Miguel Ardan. Ya se sabe con qué frenesí los yanquis se apasionan de un individuo. En un país en que graves magistrados tiran del coche de una bailarina para llevarla en triunfo, júzguese cuál sería la pasión que se desencadenó en favor del francés, audaz sobre todos los audaces. Si los ciudadanos no desengancharon sus caballos para colocarse ellos en su lugar, fue probablemente porque él no tenía caballos, pero todas las demás pruebas de entusiasmo le fueron prodigadas. No había uno solo que no estuviese unido a él con el alma. *Ex pluribus unum,* según reza la divisa de los Estados Unidos.

Desde aquel día, Miguel Ardan no tuvo un momento de reposo. Diputaciones procedentes de todos los puntos de la Unión le felicitaron incesantemente, y de grado o fuerza tuvo que recibirlas. Las manos que apretó y las personas que tuteó no pueden contarse; pero se rindió al cabo, y su voz enronquecida por tantos discursos, salía de sus labios sin articular casi sonidos inteligibles, sin contar con que los brindis que tuvo que dedicar a todos los condados de la Unión le produjeron casi una gastroenteritis. Tantos brindis, acompañados de fuertes licores, hubieran, desde el primer día, producido a cualquier otro un *delirium tremens;* pero él sabía mantenerse dentro de los discretos límites de una media embriaguez alegre y decidora.

Entre las diputaciones de toda especie que le asaltaron, la de los *lunáticos* no olvidó lo que debía al futuro conquistador de la Luna. Un día, algunos de aquellos desgraciados dementes, asaz numerosos en América, le visitaron para pedirle que les llevase con él a su país natal. Algunos pretendían hablar el *selenita,* y quisieron enseñárselo a Miguel Ardan. Este se prestó con docilidad a su inocente manía y se encargó de comisiones para sus amigos de la Luna.

—¡Singular locura! —dijo a Barbicane, después de haberles despedido—. Y es una locura que ataca con frecuencia inteligencias privilegiadas. Arago, uno, de nuestros sabios más ilustres, me decía que muchas personas muy discretas y muy reservadas en sus concepciones, se dejaban llevar a una exaltación suma, a increíbles singularidades, siempre que de la Luna se ocupaban. ¿Crees tú en la influencia de la Luna en las enfermedades?

—Poco —respondió el presidente del *Gun-Club.*

—Lo mismo digo; y, sin embargo, la historia registra hechos asombrosos. En 1693, durante una epidemia, las defunciones aumentaron considerablemente el día 21 de enero, en el momento de un eclipse. Durante los eclipses de la Luna, el célebre Bacon se desvanecía, y no volvía en sí hasta después de la completa emersión del astro. El rey Carlos VI, durante el año 1399, sufrió seis arrebatos de locura que coincidieron con la Luna nueva o con la Luna llena. Algunos médicos han clasificado la epilepsia o mal caduco, entre las enfermedades que siguen las fases de la Luna. Parece que las afecciones nerviosas han sufrido a menudo su influencia. Mead habla de un niño que experimentaba convulsiones cuando la Luna entraba en oposición. Gall había notado que la exaltación de las personas débiles aumentaba dos veces cada mes: una en el novilunio y otra en el plenilunio. En fin, hay mil observaciones del mismo género sobre los vértigos, las fiebres malignas, los sonambulismos, que tienden a probar que el astro de la noche ejerce una misteriosa influencia sobre las enfermedades terrestres.

—Pero ¿cómo? ¿Por qué? —preguntó Barbicane.

—¿Por qué? —respondió Ardan—. Te daré la misma respuesta que Arago repetía diecinueve siglos después que Plutarco: *Tal vez porque no es verdad.*

En medio de su triunfo, no pudo Miguel Ardan librarse de ninguna de las gabelas inherentes al estado de hombre célebre. Los que especulaban con lo que está en boga, quisieron exhibirle. Barnum le ofreció un millón para pasearlo de una ciudad a otra en todos los

Estados Unidos y darlo en espectáculo como un animal curioso. Miguel Ardan le trató de *cornac*[58], y le envió a paseo.

Sin embargo, aunque se negó a satisfacer de esta manera la curiosidad pública, circularon por todo el mundo y ocuparon el puesto de honor en los álbumes, sus numerosos retratos, de los cuales se sacaron pruebas de todas las dimensiones, desde el tamaño natural hasta las reducciones microscópicas para sellos de correo. Se podía cualquiera proporcionar un ejemplar en todas las actitudes imaginables, retrato de cabeza, retrato de busto, retrato de cuerpo entero, sentado, de pie, de perfil, de espaldas; se tiraron más de un millón y medio de ejemplares, y podía muy bien, pero no quiso, haber aprovechado la ocasión de enriquecerse con sus propias reliquias. Sin más que vender sus cabellos a dólar cada uno, tenía los suficientes para hacer una fortuna.

Para decirlo todo, diremos que esta popularidad no le desagradaba.

Al contrario. Se ponía a disposición del público y se carteaba con el universo entero. Se repetían sus chistes, se propagaban sus felices ocurrencias, sobre todo las que él no había tenido. Por lo mismo que las tenía en abundancia, se le atribuían muchas más. Así es el mundo. Más limosnas se hacen al rico que al pobre.

No solamente tuvo propicios a los hombres sino que también a las mujeres. ¡Cuántos buenos matrimonios se le hubieran presentado por pocos deseos que hubiera manifestado de casarse! Las solteronas particularmente, las que habían pasado cuarenta años llamando inútilmente a un marido caritativo, estaban día y noche contemplando sus fotografías.

La verdad es que hubiera encontrado compañeras a centenares, aunque les hubiese impuesto la condición de seguirle en su peregrinación aérea. Las mujeres son intrépidas cuando no tienen miedo a todo. Pero Ardan no tenía intención de fundar una dinastía en el continente lunar y ser allí el tronco de una raza cruzada de francés y americano. Por lo tanto, se negó rotundamente.

—¡Ir allá arriba —decía— a representar el papel de Adán con una hija de Eva! ¡Gracias! ¡No tardaría en encontrar serpientes!

---

[58] Conductor de elefantes. *(N. del T.)*

Apenas pudo sustraerse a las alegrías demasiado repetidas del triunfo; fue, seguido de sus amigos, a hacer una visita al *columbiad.* Se la debía. Además, se había hecho muy fuerte en balística, desde que vivía con Barbicane, J. T. Maston y *tutti cuanti.* Su mayor placer consistía en repetir a aquellos bravos artilleros que no eran más que homicidas amables y sabios. Respecto del particular, no se agotaba nunca su ingenio epigramático. El día en que visitó el *columbiad,* lo admiró mucho y bajó hasta el fondo del ánima de aquel gigantesco mortero que debía muy pronto lanzarlo por el aire.

—Al menos —dijo—, este cañón no hará daño a nadie, lo que, tratándose de un cañón, no deja de ser una maravilla. Pero en cuanto a vuestras máquinas que destruyen, que incendian, que rompen, que matan, no me habléis de ellas, y, sobre todo, no me digáis que tienen ánima o *alma,* que es lo mismo, porque yo no lo creo.

Debemos aquí hacer mención de una proposición relativa a J. T. Maston. Cuando el secretario del *Gun-Club* oyó que Barbicane y Nicholl aceptaban la proposición de Miguel, le entraron ganas de unirse a ellos y formar parte de la expedición. Formalizó un día su deseo. Barbicane, sintiendo mucho no poder acceder a su demanda, le hizo comprender que el proyectil no podía llevar tantos pasajeros. J. T. Maston, desesperado, acudió a Miguel Ardan, quien le aconsejó resignación y recurrió a diversos argumentos *ad hominem.*

—Escucha, querido Maston —le dijo—, no des a mis palabras un alcance que no tienen; pero, sea dicho entre nosotros, la verdad es que eres demasiado incompleto para presentarte en la Luna.

—¡Incompleto! —exclamó el valeroso inválido.

—¡Sí, mi valiente amigo! Da por sentado que encontraremos bastantes habitantes allá arriba. ¿Querrás darles una triste idea de lo que pasa aquí, enseñarles lo que es la guerra, demostrarles que los hombres invierten el tiempo más precioso en devorarse, en comerse, en romperse brazos y piernas, en un globo que podría alimentar cien mil millones de habitantes, y cuenta apenas mil doscientos millones? Vamos, amigo mío, no quieras que en la Luna nos den con la puerta en las narices, que nos echen a cajas destempladas.

—Pero si vosotros llegáis a pedazos —replicó J. T. Maston—, seréis tan incompletos como yo.

—Es una verdad digna de Pero Grullo —respondió Ardan—. Pero nosotros llegaremos muy enteritos.

En efecto, un experimento preliminar, realizado por vía de ensayo el 18 de octubre, había dado los mejores resultados y hecho concebir las más legítimas esperanzas. Barbicane, deseando darse cuenta del efecto de la repercusión en el momento de partir un proyectil mandó traer del arsenal de Pensacola un mortero de 32 pulgadas (0,75 centímetros), que colocó en la rada de Hillisboro, a fin de que la bomba cayera en el mar y se amortiguase su choque. Tratábase únicamente de experimentar el sacudimiento a la salida y no el choque al caer.

Para este curioso experimento se preparó con el mayor esmero un proyectil hueco. Una gruesa almohadilla, aplicada a una red de resortes de acero delicadamente templados, forraba sus paredes interiores. Era un verdadero nido cuidadosamente mullido y acolchado.

—¡Qué lástima no poder meterse en él! —decía J. T. Maston, lamentando que su volumen no le permitiera intentar la aventura.

La ingeniosa bomba se cerraba por medio de una tapa con tornillos, y se introdujo en ella un enorme gato, y después una ardilla perteneciente al secretario perpetuo del *Gun-Club,* J. T. Maston, a la cual este profesaba un verdadero cariño. Pero se quería saber prácticamente cómo soportaría el viaje un animalito tan poco sujeto a vértigos.

Se cargó el mortero con 160 libras de pólvora, y, colocada en él la bomba, se dio la voz de fuego.

El proyectil salió inmediatamente; con la rapidez propia de los proyectiles, describió majestuosamente su parábola: subió a una altura aproximada de 1000 pies, y, formando una graciosa curva, cayó en el mar y se abismó en las olas.

Sin pérdida de tiempo se dirigió una embarcación al sitio de la caída, y hábiles buzos, que se echaron al agua y chapuzaron como peces, ataron con cables el proyectil, y este fue izado rápidamente a bordo. No habían transcurrido cinco minutos desde el momento en que fueron encerrados los animales, cuando se levantó la tapa de su mazmorra.

Ardan, Barbicane, Maston y Nicholl se hallaban en la embarcación, y examinaron la operación con un sentimiento de interés que fácilmente se comprende. Apenas se abrió la bomba, salió el gato echando chispas, lleno de vida, aunque no de muy buen humor, si bien nadie hubiera dicho que acababa de regresar de una expedición aérea. Pero, ¿y la ardilla? ¿Dónde estaba que no se veía de ella ni rastro? Fuerza fue reconocer la verdad. El gato se había comido a su compañera de viaje.

La pérdida de su graciosa y desgraciada ardilla causó una verdadera pesadumbre a J. T. Maston, el cual se propuso inscribir el nombre de tan digno animal en el martirologio de la ciencia.

Después de un experimento tan decisivo y coronado de un éxito tan feliz, todas las vacilaciones y zozobras desaparecieron. Para mayor abundamiento, los planes de Barbicane debían perfeccionar aún más el proyectil y anular casi enteramente los efectos de la repercusión.

No faltaba ya más que ponerse en camino.

Dos días después, Miguel Ardan recibió un mensaje del presidente de la Unión, fue este un honor que halagó mucho su amor propio.

Lo mismo que a su caballeresco compatriota, el marqués de Lafayette, el Gobierno le confirió el título de ciudadano de los Estados Unidos de América.

CAPÍTULO XXIII

El *vagón proyectil*

Concluido el monstruoso *columbiad,* el interés público fue inmediatamente atraído por el proyectil, nuevo vehículo destinado a transportar, atravesando el espacio, a los tres atrevidos aventureros. Nadie había olvidado que en su comunicación de 30 de septiembre, Miguel Ardan pedía una modificación de los planos adoptados en principio por los miembros de la comisión.

El presidente Barbicane pensaba entonces muy justamente que la forma del proyectil importaba poco, porque después de haber atravesado la atmósfera en algunos segundos, su trayecto debía efectuarse en un absoluto vacío. La comisión había adoptado la forma redonda para que la bala pudiese girar sobre sí misma y conducirse a su arbitrio. Mas, desde el momento en que se la trasformaba en vehículo, la cuestión era ya muy diferente. Miguel Ardan no quería viajar a la manera de las ardillas; deseaba subir con la cabeza hacia arriba y con los pies hacia abajo, con tanta dignidad como en la barquilla de un globo aerostático, sin duda más deprisa, pero sin entregarse a una sucesión de cabriolas poco decorosas.

Se enviaron, pues, nuevos planos a la casa de Breadwill y Compañía, de Albany, con recomendación de ejecutarlos sin demora. El proyectil, con las modificaciones requeridas, fue fundido el 2 de noviembre y enviado inmediatamente a Stone's Hill por los ferrocarriles del este.

El día 10 llegó sin accidente al lugar de su destino. Miguel Ardan, Barbicane y Nicholl aguardaban con la mayor impaciencia aquel *vagón proyectil,* en que debían tomar asiento para volar al descubrimiento de un nuevo mundo.

Fuerza es convenir en que el tal proyectil era una magnífica pieza de metal, un producto metalúrgico que hacía mucho honor al genio industrial de los americanos. Era la primera vez que se obtenía aluminio en tal cantidad, lo que podía justamente considerarse como un resultado prodigioso. El precioso proyectil centelleaba a los rayos del sol. Al verlo con sus formas imponentes y con su sombrero cónico encasquetado, cualquiera lo hubiera tomado por una de aquellas macizas torrecillas, a manera de garitas, que los arquitectos de la Edad Media colocaban en el ángulo de las fortalezas. No le faltaban más que saeteras y una veleta.

—Estoy esperando —exclamaba Miguel Ardan— que salga de aquí un hombre de armas con arcabuz y coraza. Nosotros estaremos dentro como unos señores feudales, y con un poco de artillería haríamos frente a todos los ejércitos *selenitas,* en la hipótesis de que los haya en la Luna.

—Así, pues, ¿te gusta el vehículo? —preguntó Barbicane a su amigo.

—Sí; me gusta, me gusta —respondió Miguel Ardan, que lo examinaba con su amor a lo bello, característico de los artistas—. Me gusta, pero siento que no sean sus formas más esbeltas, más ligeras, su cono más gracioso; debería terminar en un florón de metal tallado o con una quimera, una gárgola, una salamandra saliendo del fuego con las alas desplegadas y las fauces abiertas...

—¿Para qué? —dijo Barbicane, cuyo carácter positivo era poco sensible a las bellezas del arte.

—¿Para qué, amigo Barbicane? ¡Ay! En el mero hecho de preguntarlo, temo que no lo comprenderías nunca.

—Habla, hombre, habla.

—Pues bien, en mi concepto, en todo lo que se hace debe intervenir algo el gusto artístico, y es mejor. ¿Conoces una comedia india que se llama *El carretón del niño?*

—No la he oído nombrar en mi vida —respondió Barbicane.

—Lo creo, no es menester que me lo jures —repuso Miguel—. Sabe, pues, que en dicha pieza hay un ladrón que, en el momento de agujerear la pared de una casa, se pregunta si dará a su agujero la forma de una lira, de una flor, de un pájaro o de una ánfora. Pues bien, dime, amigo Barbicane, si en aquella época hubieras formado parte de un jurado para juzgar a ese ladrón, ¿le hubieras condenado?

—Y le respondió el presidente del *Gun-Club*—. Le hubiera condenado sin vacilar, y con la circunstancia agravante de fractura.

—Pues yo le hubiera absuelto, amigo Barbicane. He aquí por qué tú no podrás nunca comprenderme.

—Ni trataré de ello, valeroso artista.

—Pero, al menos —añadió Miguel Ardan—, ya que el exterior de nuestro vagón deja algo que desear, se me permitirá amueblarlo a mi gusto, y con todo el lujo que corresponde a embajadores de la Tierra.

—Acerca del particular, mi bravo Miguel —respondió Barbicane—, harás de tu capa un sayo, y tienes carta blanca.

Pero antes de pasar a lo agradable, el presidente del *Gun-Club* había pensado en lo útil, y el procedimiento inventado por él para amortiguar los efectos de la repercusión, fueron aplicados con una inteligencia perfecta.

Barbicane se había dicho, no sin razón, que no habría ningún resorte bastante poderoso para amortiguar el choque, y durante su famoso paseo en el bosque de Skernaw logró, al cabo, resolver esta gran dificultad de una manera ingeniosa. Pensó en pedir al agua tan señalado servicio. He aquí cómo.

El proyectil debía llenarse de agua hasta la altura de tres pies. Esta capa de agua estaba destinada a sostener un disco de madera, perfectamente ajustado, que se deslizase rozando por las paredes interiores del proyectil, y constituía una verdadera almadía en que se colocaban los pasajeros. La masa líquida estaba dividida por tabiques horizontales que, al partir el proyectil, el choque debía romper sucesivamente. Entonces todas las capas de agua, desde la más alta a la más baja, escapándose por tubos de desagüe hacia la parte superior del proyectil, obraban como un resorte, y no podía el disco, por estar dotado de tapones sumamente poderosos, chocar con el fondo sino después de la sucesiva destrucción de los diversos tabiques. Aun así, los viajeros experimentarían una repercusión violenta después de la completa evasión de la masa líquida, pero el primer choque quedaría casi enteramente amortiguado por aquel resorte de tanta potencia.

Verdad es que tres pies de agua sobre una superficie de cincuenta y cuatro pies cuadrados, debían pesar cerca de once mil quinientas libras; pero, en el concepto de Barbicane, la detención de los gases acumulados en el *columbiad* bastaría para vencer este aumento de peso, y, además, el choque debía echar fuera toda el agua en menos de un segundo, con lo que el proyectil volvería a tomar casi al momento su peso normal.

He aquí lo que había ideado el presidente del *Gun-Club* y de qué manera pensaba haber resuelto la grave dificultad de la repercusión. Por lo demás, aquel trabajo, perspicazmente comprendido por los ingenieros de la casa Breadwill, fue maravillosamente ejecutado. Una vez producido el efecto y echada fuera el agua, los viajeros podían desprenderse fácilmente de los tabiques rotos y desmontar el disco movible que lo sostenía en el momento de la partida.

En cuanto a las paredes superiores del proyectil, estaban revestidas de un denso almohadillado de cuero y aplicadas a muelles de acero perfectamente templado que tenían la elasticidad de los resortes de un reloj. Los tubos de desahogo, hábilmente disimulados bajo el almohadillado, no permitían siquiera sospechar su existencia.

Así, pues, estaban tomadas todas las precauciones imaginables para amortiguar el primer choque, y hubiera sido necesario, según decía Miguel Ardan, para dejarse aplastar, ser un hombre de alfeñique.

El proyectil medía exteriormente nueve pies de ancho y quince de largo. Para que no excediese del peso designado, se había disminuido algo el grueso de las paredes y reforzado su parte inferior, que tenía que sufrir toda la violencia de los gases desarrollados por la conflagración del piróxilo. Lo mismo se hace con las bombas y granadas cilindro-cónicas, cuyas paredes se procuran que sean siempre más gruesas en el fondo.

Se penetraba en aquella torre de metal por una abertura estrecha practicada en las paredes del cono, y análoga a los *agujeros para hombre* de las calderas de vapor. Se cerraba herméticamente por medio de una chapa de aluminio que sujetaba por dentro poderosas tuercas de presión. Los viajeros podrían, pues, salir de su movible cárcel, si bien les parecía, al astro de la noche.

Pero no bastaba ir, sino que era preciso ver durante el camino. Había al efecto, abiertos en el almohadillado, cuatro tragaluces con su correspondiente cristal lenticular sumamente grueso. Dos de los tragaluces estaban abiertos en la pared circular del proyectil; otro en su parte inferior, y otro en el cono. Los viajeros, durante su marcha, se hallaban, pues, en aptitud de observar la Tierra que abandonaban, la Luna, a la cual se acercaban, y los espacios planetarios. Los tragaluces estaban protegidos contra los choques de la partida por planchas sólidamente incrustadas, que fácilmente podían echarse fuera destornillando tuercas interiores. Así el aire contenido en el proyectil no podía escaparse, y eran posibles las observaciones.

Todos estos mecanismos, admirablemente establecidos, funcionaban con la mayor facilidad, y los ingenieros no se habían mostrado menos inteligentes en todos los accesorios del vagón-proyectil.

Recipientes, sólidamente sujetos, estaban destinados a contener el agua y los víveres que necesitaban los tres viajeros. Estos podían procurarse hasta fuego y luz por medio de gas almacenado en un receptáculo especial, bajo una presión de varias atmósferas. Bastaba dar vuelta a una llave para que durante seis días el gas alumbrase y calentase el tan cómodo vehículo. Se ve, pues, que nada faltaba de lo esencial a la vida, y hasta al bienestar. Además, gracias a los instintos de Miguel Ardan, a lo útil se juntó lo agradable, bajo la forma de objetos artísticos. Si no le hubiese faltado espacio, Miguel hubiera hecho de su proyectil un verdadero taller de artista. Se engañaría, sin embargo, el que creyese que tres personas debían ir en la tal torre de metal apretadas como sardinas en un barril. Tenían a su disposición una superficie de cincuenta y cuatro pies cuadrados sobre diez de altura, lo que permitía a sus huéspedes cierta holgura en sus movimientos. No hubieran estado tan cómodos en ningún vagón de los Estados Unidos.

Resuelta la cuestión de los víveres y del alumbrado, quedaba en pie la cuestión del aire. Era evidente que el aire encerrado en el proyectil no bastaría para la respiración de los viajeros durante cuatro días, pues cada hombre consume en una hora casi todo el oxígeno contenido en diez libras de aire. Barbicane, con sus dos compañeros y dos perros que quería llevarse, debía consumir cada veinticuatro horas dos mil cuatrocientas libras de oxígeno, o, a poca diferencia, unas siete libras en peso. Era, pues, preciso renovar el aire del proyectil. ¿Cómo? Por un procedimiento muy sencillo: el de los señores Reisset y Regnault, indicado por Miguel Ardan en el curso de la discusión durante el mitin.

Se sabe que el aire se compone principalmente de veintiuna partes de oxígeno y setenta y nueve de ázoe. ¿Qué sucede en el acto de la respiración? Un fenómeno muy sencillo. El hombre absorbe el oxígeno del aire, eminentemente propio para alimentar la vida, y deja el ázoe intacto. El aire espirado ha perdido cerca de un cinco por ciento de su oxígeno y contiene entonces un volumen a poca diferencia igual de ácido carbónico, producto definitivo de la combustión de los elementos de la sangre por el oxígeno inspirado. Sucede, pues, que en un medio cerrado, y pasado cierto tiempo, todo el oxígeno del aire es reemplazado por el ácido carbónico, gas esencialmente deletéreo.

La cuestión se reducía a lo siguiente. Habiéndose conservado intacto el ázoe: primero, rehacer el oxígeno absorbido; segundo, destruir el ácido carbónico espirado. Nada más fácil por medio del clorato de potasa y de la potasa cáustica.

El clorato de potasa es una sal que se presenta bajo la forma de pajitas blancas. Cuando se la eleva a una temperatura que pase de 400 °F, se transforma en cloruro de potasio, y el oxígeno que contiene se desprende enteramente. Dieciocho libras de clorato de potasa dan siete libras de oxígeno, es decir, la cantidad que necesitan gastar dos viajeros en veinticuatro horas. Ya está rehecho el oxígeno.

En cuanto a la potasa cáustica, es una materia muy ávida de ácido carbónico mezclado con el aire, y basta agitarla para que se apodere de él y forme bicarbonato de potasa. Ya tenemos también absorbido el ácido carbónico. Combinando estos dos medios, hay seguridad de devolver al aire viciado todas sus cualidades vivificadoras, y esto es lo que los dos químicos, los señores Reisset y Regnault, habían experimentado con éxito.

Pero, fuerza es decirlo, el experimento hasta entonces se había hecho únicamente *in anima vili*. Por mucha que fuese su precisión científica, se ignoraba absolutamente cómo lo sobrellevarían los hombres.

Tal fue la observación que hizo en la sesión donde se trató tan grave materia. Miguel Ardan no quería poner en duda la posibilidad de vivir por medio de aquel aire artificial, y se brindó a ensayarlo en sí mismo antes de la partida.

Pero el honor de la prueba fue enérgicamente reclamado por T. J. Maston.

—Ya que yo no parto —dijo este bravo artillero—, lo menos que se me debe conceder es que habite el proyectil durante ocho días.

Hubiera sido crueldad no acceder a su demanda. Se le quiso dar gusto. Se puso a su disposición una cantidad suficiente de clorato de potasa y de potasa cáustica, con víveres para ocho días, y el 12 de noviembre, a las seis de la mañana, después de dar un apretón de manos a sus amigos y haber recomendado expresamente que no se abriese su cárcel antes de las seis de la tarde del día 20, se deslizó en el proyectil, cuya plancha se cerró luego herméticamente.

¿Qué sucedió durante aquellos ocho días? Imposible es saberlo. Las gruesas paredes del proyectil no permitían llegar fuera ningún ruido de los que dentro de él se producían.

El 20 de noviembre, a las seis en punto, se levantó la plancha. Los amigos de J. T. Maston no dejaban de experimentar cierta zozobra. Pero pronto se tranquilizaron oyendo una voz alegre que prorrumpía en un hurra formidable.

El secretario del *Gun-Club* apareció luego en el vértice del cono en actitud de triunfo.

¡Había engordado!

CAPÍTULO XXIV

El telescopio de las montañas Rocosas

El 20 de octubre del año precedente, después de cerrada la suscripción, el presidente del *Gun-Club,* había abierto un crédito al observatorio de Cambridge para las sumas que requiriese la construcción de un enorme instrumento de óptica. Este aparato, anteojo o telescopio, debía ser de tanto poder que volviese visible en la superficie de la Luna todo objeto cuyo volumen excediese de nueve pies.

Entre el anteojo y el telescopio hay una diferencia importante, que conviene recordar en este momento. El anteojo se compone de un tubo que en su extremo superior lleva una lente convexa que se llama objetivo, y en el extremo inferior una segunda lente llamada ocular, a la cual se aplica el ojo del observador. Los rayos que proceden del objeto luminoso atraviesan la primera de dichas lentes y van a formar, por refracción, una imagen invertida en su foco[59]. Esa imagen se observa con el ocular, que la aumenta exactamente como la aumentaría un microscopio. El tubo del anteojo está, pues, cerrado en un extremo por el objetivo y en el otro por el ocular.

El tubo del telescopio, al contrario, está abierto por su extremo superior. Los rayos que parten del objeto observado penetran en él libremente y van a herir un espejo metálico cóncavo, es decir, convergente. Estos rayos reflejados encuentran un espejo que los envía al ocular dispuesto de modo que aumenta la imagen producida.

Así, pues, en los anteojos, la refracción desempeña el papel principal, y en los telescopios la reflexión. De aquí el nombre de refractores dado a los primeros, y el de reflectores dado a los segundos. Toda la dificultad de ejecución de estos aparatos de óptica estriba en la construcción de los objetivos, ya sean lentes ya sean espejos metálicos.

Sin embargo, en la época en que el *Gun-Club* intentó su colosal experimento, estos instrumentos se hallaban muy perfeccionados y

---

[59] Punto donde los rayos luminosos se reúnen después de haber sido refractados. *(N. del T.)*

daban resultados magníficos. Estaba ya lejos aquel tiempo en que Galileo observó los astros con su pobre anteojo que no aumentaba las imágenes más que siete veces su tamaño propio. Ya en el siglo XVI los aparatos de óptica se ensancharon y prolongaron de una manera considerable, y permitieron penetrar en los espacios planetarios a una profundidad hasta entonces desconocida. Entre los instrumentos refractores que funcionaban en aquella época, se citan el anteojo del Observatorio de Poltava, en Rusia, cuyo objetivo era de 15 pulgadas (38 centímetros) de ancho, el anteojo del óptico francés Lerebours, provisto de un objetivo igual al precedente, y, en fin, el anteojo del observatorio de Cambridge, dotado de un objetivo que tiene 19 pulgadas de diámetro (48 centímetros).

Entre los telescopios se conocían dos de una potencia notable y de dimensión gigantesca. El primero construido por Herschel, era de una longitud de 36 pies y poseía un espejo que tenía cuatro pies y medio de ancho, que permitía obtener aumentos de seis mil veces. El segundo se levantaba en Irlanda, en Bircastle, en el parque de Parsonstown, y pertenecía a lord Rosse. La longitud de su tubo era de 48 pies, y de 6 pies (1,60 metros) su anchura, y agrandaba los objetos seis mil cuatrocientas veces, habiendo sido preciso levantar una inmensa construcción de cal y canto para disponer los aparatos que requería la maniobra del instrumento, el cual pesaba 28 000 libras.

Pero, como se ve, a pesar de tan colosales dimensiones, los aumentos obtenidos no pasaban, en números redondos, de seis mil veces. Pero un aumento de seis mil veces no aproxima la Luna más que a 39 millas y sólo deja percibir los objetos que tienen un diámetro de 60 pies, a no ser que estos objetos sean muy prolongados.

Ahora se trataba de un proyectil de nueve pies de ancho y 15 de largo, por lo que era menester acercar por lo menos la Luna a la distancia de cinco millas, y producir al efecto un aumento de cuarenta y ocho mil veces.

Tal era la cuestión que tenía que resolver el observatorio de Cambridge, el cual no debía detenerse por ninguna dificultad económica, y, por consiguiente, sólo había que pensar en aligerar los materiales.

En primer lugar, fue preciso optar entre los telescopios y los anteojos. Estos tienen ventajas sobre los telescopios. En igualdad de objetivos, permiten obtener aumentos más considerables, porque los rayos luminosos que atraviesan las lentes pierden menos por la absorción que por la reflexión en el espejo de los telescopios. Pero el grueso que se puede dar a una lente es limitado, porque, siendo mucho, no deja pasar los rayos luminosos. Además, la construcción de tan enormes lentes es excesivamente difícil y se cuenta por años el tiempo considerable que exige.

Pero aunque las imágenes se presentan más claras en los anteojos, ventaja inapreciable cuando se trata de observar la Luna, cuya luz es simplemente reflejada, se resolvió emplear el telescopio, que es de una ejecución más pronta y permite obtener mayor aumento. Sólo que, como los rayos luminosos pierden una gran parte de su intensidad atravesando la atmósfera, el *Gun-Club* determinó colocar el instrumento en una de las más elevadas montañas de la Unión, lo que había de disminuir la densidad de las capas aéreas.

En los telescopios, como hemos visto, el ocular, es decir, la lente, colocada en el ojo del observador produce el aumento, y el objetivo que consiente los aumentos más considerables es aquel cuyo diámetro es mayor y más también la distancia focal. Para agrandar cuarenta y ocho mil veces, preciso era exceder singularmente en magnitud los objetivos de Herschel y de lord Rosse. En esto consistía la dificultad, porque la fundición de los espejos es una operación sumamente delicada.

Afortunadamente, algunos años antes, un sabio del Instituto de Francia, León Foucault, había inventado un procedimiento que volvía muy fácil y muy pronta la pulimentación de los objetivos, reemplazando el espejo metálico con espejos plateados. Basta fundir un pedazo de vidrio, del tamaño que se quiera y metalizarlo enseguida con una sal de plata. Este procedimiento, cuyos resultados son excelentes, fue el adoptado para la fabricación del objetivo.

Además, se les dispuso según el método ideado por Herschel para sus telescopios. En el grande aparato del astrónomo de Slough, la imagen de los objetos, reflejada por el espejo inclinado hacia el fondo del tubo, venía a presentarse en el otro extremo en que se hallaba situado el ocular. De esta manera el observador, en lugar de colocarse en la parte inferior del tubo, subía a la superior, y allí, armado de su carta, abismaba su mirada en el enorme cilindro. Esta combinación tiene la ventaja de suprimir el pequeño espejo destinado a volver a enviar la imagen al ocular. La imagen, en lugar de dos reflexiones, no sufre más que una. Hay, por consiguiente, un número menor de rayos luminosos extinguidos, por lo que la imagen aparece menos debilitada, y se obtiene mayor claridad, que era una ventaja preciosa en la observación que debía hacerse.

Tomadas estas resoluciones empezaron los trabajos. Según los cálculos de la dirección del observatorio de Cambridge, el tubo del nuevo reflector debía tener 280 pies de longitud y su espejo 16 pies de diámetro. Por colosal que fuese semejante instrumento, no era comparable a aquel telescopio de 10 000 pies (tres kilómetros y medio) de longitud, que el astrónomo Hooke proponía construir algunos años atrás. A pesar de todo, la colocación del aparato presentaba grandes dificultades.

En cuanto a la cuestión del sitio, quedó muy pronto resuelta. Tratábase de escoger una montaña alta, y las montañas altas no son numerosas en los Estados Unidos.

En efecto, el sistema orográfico de este gran país se reduce a dos cordilleras de una mediana elevación entre las cuales corre el magnífico Misisipi, que los americanos llamarían el *rey de los ríos* si admitiesen algún rey.

Al este se levantan los Apalaches, cuya cima más elevada, en el Nuevo Hampshire, no pasa de 5600 pies, lo que es muy modesto.

Al oeste, al contrario, se encuentran las montañas Rocosas, inmensa cordillera que empieza en el estrecho de Magallanes, sigue la costa occidental de la América del Sur bajo el nombre de Andes o Cordillera, salva el istmo de Panamá y corre atravesando la América del Norte hasta las playas del mar polar.

Estas montañas no son muy elevadas. Los Alpes o el Himalaya las mirarían con el más soberano desdén desde lo alto de su estatura. Su más elevada cima no tiene más que 10 700 pies, al paso que el Mont Blanc mide 14 430, y el Kinchinyinga, en el Himalaya, 26 776 sobre el nivel del mar.

Pero como el *Gun-Club* estaba empeñado en que el telescopio, lo mismo que el *columbiad,* se colocase en los Estados de la Unión, preciso fue contentarse con las montañas Rocosas, y todo el material necesario se dirigió a la cima de Long's Peak, en el territorio del Misuri.

La pluma y la palabra no podrían expresar las dificultades de todo género que los ingenieros americanos tuvieron que vencer, y los prodigios que hicieron de habilidad y audacia. Aquello fue un verdadero esfuerzo sobrehumano. Hubo necesidad de subir piedras enormes, colosales piezas de fundición, abrazaderas de extraordinario peso, gigantescas piezas cilíndricas, y el objetivo, que pesaba él solo más de 20 000 libras, más allá del límite de las nieves perpetuas a más de 10 000 pies de elevación, después de haber atravesado praderas desiertas, bosques impenetrables, torrentes espantosos, lejos de todos los centros de población, en medio de regiones salvajes en que cada pormenor de la existencia se convierte en un problema casi insoluble. Y el genio de los americanos triunfó sobre tantos y tan inmensos obstáculos. Menos de un año después de haberse principiado los trabajos, en los últimos días del mes de septiembre, el gigantesco reflector levantaba en el aire un tubo de 380 pies. Estaba suspendido de un enorme andamio de hierro, permitiendo un mecanismo ingenioso dirigirlo fácilmente hacia todos los puntos del cielo y seguir los astros de uno a otro horizonte durante su marcha por el espacio.

Había costado más de cuatrocientos mil dólares. La primera vez que se apuntó a la Luna, los observadores experimentaron una sensación de curiosidad e inquietud a un mismo tiempo. ¿Qué iban a descubrir en el campo de aquel telescopio que aumentaba cuarenta y ocho mil veces los objetos observados? ¿Poblaciones? No, nada que la ciencia no conociese ya, y en todos los puntos de su disco la naturaleza volcánica de la Luna pudo determinarse con una precisión absoluta.

Pero el telescopio de las montañas Rocosas, antes de prestar sus servicios al *Gun-Club,* los prestó inmensos a la astronomía. Gracias a su poder de penetración, las profundidades del cielo fueron sondeadas hasta los últimos límites, se pudo medir rigurosamente el diámetro aparente de un gran número de estrellas, y el señor Clarke, del observatorio de Cambridge, descompuso la nebulosa del Cangrejo, en la constelación del Toro, que no había podido reducir jamás el reflector de lord Rosse.

CAPÍTULO XXV

Últimos pormenores

Había llegado el 22 de noviembre, y diez días después debía verificarse la partida suprema. Ya no quedaba que hacer más que una operación, pero era una operación delicada, peligrosa, que exigía precauciones infinitas, y contra cuyo éxito el capitán Nicholl había hecho su tercera apuesta. Tratábase de cargar el *columbiad* introduciendo en él cuatrocientas mil libras de fulmicotón. Nicholl opinaba, tal vez con fundamento, que la manipulación de una cantidad tan formidable de piróxilo acarrearía graves catástrofes, y que esta masa eminentemente explosiva se inflamaría por sí misma bajo la presión del proyectil.

Aumentaban la inminencia del peligro la indiscreción y ligereza de los americanos, que durante la guerra federal solían cargar sus bombas con el cigarro en la boca. Pero Barbicane esperaba salirse con la suya y no naufragar a la entrada del puerto. Escogió sus mejores operarios, les hizo trabajar bajo su propia inspección, no les perdió un momento de vista y, a fuerza de prudencia y precauciones, consiguió inclinar a su favor todas las probabilidades de éxito.

Se guardó muy bien de mandar conducir todo el cargamento al recinto de Stone's Hill. Hízolo llegar poco a poco en cajones perfectamente cerrados. Las cuatrocientas mil libras de piróxilo se dividieron en paquetes de a cinco mil libras, lo que formaba ochocientos gruesos cartuchos elaborados con esmero por los más hábiles trabajadores de Pensacola. Cada cajón contenía diez cartuchos y llegaban uno tras otro por el ferrocarril de Tampa; de este modo no había nunca a la vez en el recinto más de cinco mil libras de piróxilo. Cada cajón, al llegar, era descargado por operarios que andaban descalzos, y cada cartucho se transportaba a la boca del *columbiad,* bajándolo al fondo por medio de grúas movidas a brazo. Se habían alejado todas las máquinas de vapor, y apagado todo fuego a dos millas a la redonda. Bastantes dificultades había en preservar aquellas cantidades de fulmicotón de los ardores del sol, aunque fuese en noviembre.

Así es que se trabajaba principalmente de noche a la claridad de una luz producida en el vacío, la cual, por medio de los aparatos de Ruhmkorff, creaba un día artificial hasta el fondo del *columbiad*. Allí se colocaban los cartuchos con perfecta regularidad y se unían entre sí por medio de un hilo metálico destinado a llevar simultáneamente la chispa eléctrica al centro de cada uno de ellos.

En efecto, el fuego debía comunicarse al algodón-pólvora por medio de la pila. Todos los hilos, cubiertos de una materia aislante, venían a reunirse en uno sólo, y convergían de un pequeño orificio abierto a la altura del proyectil; por aquel agujero atravesaban la gruesa pared de fundición y subían a la superficie del suelo por uno de los respiraderos del revestimiento de piedra conservado con este objeto. Llegado ya a la cúspide de Stone's Hill, el hilo, que estaba sostenido por postes, a manera de los hilos telegráficos, en un trayecto de dos millas, se unía a una poderosa pila de Bunsen pasando por un aparato interruptor. Bastaba, pues, pulsar con el dedo el botón del aparato para establecer instantáneamente la corriente y prender fuego a las cuatrocientas mil libras de fulmicotón. No es necesario decir que la pila no debía entrar en funcionamiento hasta el último instante.

El 28 de noviembre, los ochocientos cartuchos estaban debidamente colocados en el fondo del *columbiad*. Esta parte de la operación se había llevado a cabo felizmente. ¡Pero cuántas zozobras, cuántas inquietudes, cuántos sobresaltos había sufrido el presidente Barbicane! ¡Cuántas luchas había tenido que sostener! En vano había prohibido la entrada en Stone's Hill; todos los días los curiosos armaban escándalos en las empalizadas, algunos, llevando la imprudencia hasta la locura, fumaban en medio de las cargas de fulmicotón. Barbicane se ponía furioso y lo mismo J. T. Maston, que echaba a los intrusos con la mayor energía, y recogía las colillas de cigarro que los yanquis tiraban de cualquier modo. La tarea era ruda, porque pasaban de trescientos mil individuos los que se agrupaban alrededor de las empalizadas. Miguel Ardan se había ofrecido a escoltar los cajones hasta la boca del *columbiad;* pero habiéndole sorprendido a él mismo con un enorme cigarro en la boca, mientras perseguía a los imprudentes a quienes daba mal ejemplo, el presidente del *Gun-Club* vio que no podía contar con un fumador tan empedernido, y, en lugar de nombrarle vigilante, ordenó que fuese vigilado muy especialmente.

En fin, como hay un Dios para los artilleros, el *columbiad* se cargó y todo fue a pedir de boca. Mucho peligro corría el capitán Nicholl de perder su tercera apuesta.

Aún había que introducir el proyectil en el *columbiad* y colocarlo sobre el fulmicotón.

Pero antes de proceder a esta operación, se dispusieron con orden en el *vagón proyectil* los objetos que el viaje requería. Estos eran bastante numerosos; y, si se hubiese dejado hacer a Miguel Ardan, habrían muy pronto ocupado todo el espacio reservado a los viajeros. Nadie es capaz de figurarse lo que el buen francés quería llevar a la Luna. Una verdadera pacotilla de superfluidades. Pero Barbicane intervino y todo se redujo a lo estrictamente necesario.

Se colocaron en el cofre de los instrumentos varios termómetros, barómetros y anteojos.

Los viajeros tenían curiosidad de examinar la Luna durante la travesía, y para facilitar el reconocimiento de su nuevo mundo, iban provistos de una excelente carta de Beer y Moedler, *Mapa selenographica* publicado en cuatro hojas, que pasa, con razón, por una verdadera obra maestra de observación y paciencia. En dicho mapa se reproducen con escrupulosa exactitud los más insignificantes pormenores de la porción del astro que mira a la Tierra; montañas, valles, circos, cráteres, picos, ranuras, se ven en él con sus dimensiones exactas, con su fiel orientación, y hasta con su denominación propia, desde los montes Doerfel y Leibnitz, cuya alta cima descuella en la parte oriental del disco, hasta el mar del Frío, que se extiende por las regiones circumpolares del norte.

Era, pues, un precioso documento para los viajeros porque les permitía estudiar el país antes de entrar en él.

Llevaban también tres rifles y tres escopetas que disparaban balas explosivas, y, además, pólvora y balas en gran cantidad.

—No sabemos con quién tendremos que habérnoslas —decía Miguel Ardan—. Podemos encontrar hombres o animales que tomen a mal nuestra visita. Es, pues, preciso tomar precauciones.

A más de los instrumentos de defensa personal, había picos, azadones, sierras de mano y otras herramientas indispensables, sin hablar de los vestidos adecuados a todas las temperaturas, desde el frío de las regiones polares hasta el calor de la zona tórrida.

Miguel Ardan hubiera querido llevarse cierto número de animales, aunque no un par de cada especie de todas las conocidas, pues él no veía la necesidad de aclimatar en la Luna serpientes, tigres, cocodrilos y otros animales dañinos.

—No —decía a Barbicane—, pero algunas bestias de carga, toros, asnos o caballos, harían buen efecto en el país y nos serían sumamente útiles.

—Convengo en ello, mi querido Ardan —respondía el presidente del *Gun-Club*—, pero nuestro *vagón proyectil* no es el arca de Noé. No tiene su capacidad, ni tampoco su objeto. No traspasemos los límites de lo posible.

En fin, después de prolijas discusiones, quedó convenido que los viajeros se contentarían con llevar una excelente perra de caza perteneciente a Nicholl y un vigoroso perro de Terranova de una fuerza prodigiosa. En el número de los objetos indispensables se incluyeron algunas cajas de granos y semillas útiles. Si hubiesen dejado a Miguel Ardan despacharse a su gusto, habría llevado también algunos sacos de tierra para sembrarlas. Ya que no pudo hacer todo lo que quería, cargó con una docena de arbustos que, envueltos en paja con el mayor cuidado, fueron colocados en un rincón del proyectil.

Quedaba aún la importante cuestión de los víveres, pues era preciso prepararse para el caso en que se llegase a una comarca de la Luna absolutamente estéril. Barbicane se lo arregló de modo que reunió víveres para un año. Pero debemos advertir, para que nadie se haga cruces ni ponga en cuarentena lo que decimos, que los víveres consistieron en conservas de carnes y legumbres reducidas a su menor volumen posible bajo la acción de la prensa hidráulica, y que contenían una gran cantidad de elementos nutritivos; verdad es que no eran muy variados, pero en una expedición era preciso no andarse con dengues y caprichos. Había también una reserva de aguardiente que se elevaba a unos 50 galones[60] y agua nada más que para dos meses, pues, según las últimas observaciones de los astrónomos nadie podía poner en duda la presencia de cierta cantidad de agua en

---

[60] Cerca de doscientos litros. *(N. del T.)*

la superficie de la Luna. En cuanto a los víveres, insensatez hubiera sido creer que habitantes de la Tierra no habían de encontrar allí arriba con qué alimentarse. Acerca del particular, Miguel Ardan no abrigaba la menor duda. Si la hubiese abrigado, no hubiera pensado siquiera en emprender el peligroso viaje.

—Por otra parte —dijo un día a sus amigos—, no quedaremos completamente abandonados de nuestros camaradas de la Tierra y ellos procurarán no olvidarnos.

—¡Claro que no! —respondió J. T. Maston.

—¿En qué se funda usted? —preguntó Nicholl.

—Muy sencillamente —respondió Ardan—. ¿No quedará siempre aquí el *columbiad?* ¡Pues bien! Cuantas veces la Luna se presente en condiciones favorables del cenit, ya que no de perigeo, es decir una vez al año a poca diferencia, ¿no se nos podrán enviar granadas cargadas de víveres, que nosotros recibiremos en día fijo?

—¡Hurra! ¡Hurra! —exclamó J. T. Maston, como, hombre a quien se ha ocurrido una idea—. ¡Muy bien dicho! ¡Perfectamente dicho! ¡No, en verdad, queridos amigos, no os olvidaremos!

—¡Cuento con ello! Así, pues, ya lo veis, tendremos regularmente noticias del globo, y, por lo que a nosotros toca, muy torpes hemos de ser para no hallar medio de ponernos en comunicación con nuestros buenos amigos de la Tierra.

Había en estas palabras tal confianza, que Miguel Ardan, con su resuelto continente y su soberbio aplomo, hubiera arrastrado en pos de sí a todo el *Gun-Club*. Lo que él decía parecía sencillo, elemental, fácil, de un éxito asegurado, y necesario hubiera sido tener un apego mezquino a este miserable globo terráqueo para no seguir a los tres viajeros en su fantástica expedición lunar.

Cuando estuvieron debidamente colocados en el proyectil todos los objetos, se introdujo entre sus tabiques el agua destinada a amortiguar la repercusión, y el gas para el alumbrado se encerró en su recipiente. En cuanto al clorato de potasa y a la potasa cáustica, Barbicane, temiendo en el camino retrasos imprevistos, se llevó una cantidad suficiente para renovar por espacio de dos meses el oxígeno y absorber el carbónico. Un aparato sumamente ingenioso que funcionaba automáticamente, se encargaba de devolver al aire sus cualidades vivificadoras y de purificarlo completamente. El proyectil estaba, pues, en disposición de echar a volar, y ya no faltaba más que bajarlo al *columbiad.* La operación estaba erizada de dificultades y peligros.

Se trasladó la enorme granada a la cúspide de Stone's Hill, donde grúas de gran potencia se apoderaron de ella y la tuvieron suspendida encima del pozo de metal.

Aquel momento fue palpitante. Si las cadenas, no pudiendo resistir tan enorme peso, se hubiesen roto, la caída de una mole tan enorme hubiera indudablemente determinado la inflamación del fulmicotón.

Afortunadamente nada de esto sucedió, y algunas horas después el *vagón proyectil,* bajando poco a poco por el ánima del cañón, se acostó en su lecho de piróxilo, verdadero edredón fulminante. Su presión no hizo más que atacar con mayor fuerza la carga del *columbiad.*

—He perdido —dijo el capitán, entregando al presidente Barbicane una suma de 3000 dólares.

Barbicane no quería recibir cantidad alguna de un compañero de viaje, pero tuvo que ceder a la obstinación de Nicholl, el cual deseaba cumplir todos los compromisos antes de abandonar la Tierra.

—Entonces —dijo Miguel Ardan—, ya no tengo que desearos más que una cosa, mi bravo capitán.

—¿Cuál? —preguntó Nicholl.

—Que perdáis vuestras otras dos apuestas —respondió el francés—. Así estaremos seguros de no quedarnos en el camino.

CAPÍTULO XXVI

¡Fuego!

Había llegado el 1 de diciembre, día decisivo, porque si la partida del proyectil no se efectuaba aquella misma noche, a las diez y cuarenta y seis minutos y cuarenta segundos, más de dieciocho años tendrían que transcurrir antes que la Luna se volviese a presentar en las mismas condiciones simultáneas de cenit y perigeo.

El tiempo estaba magnífico. A pesar de aproximarse el invierno, el Sol resplandecía y bañaba con sus radiantes efluvios la Tierra, que tres de sus habitantes iban a abandonar en busca de un nuevo mundo. ¡Cuántas gentes durmieron mal durante la noche que precedió a aquel día tan impacientemente deseado! ¡Cuántos pechos estuvieron oprimidos bajo el peso de una ansiedad penosa! ¡Todos los corazones palpitaron inquietos, a excepción del de Miguel Ardan. Este impasible personaje iba y venía con su habitual movilidad, pero nada denunciaba en él una preocupación insólita. Su sueño había sido pacífico, como el de Turena al pie del cañón, antes de la batalla.

Después que amaneció, una innumerable muchedumbre cubría las praderas que se extienden hasta perderse de vista alrededor de Stone's Hill. Cada cuarto de hora, el ferrocarril de Tampa acarreaba nuevos curiosos. La inmigración tomó luego proporciones fabulosas y, según los registros del *Tampa Town Observer,* durante aquella memorable jornada, hollaron con su pie el suelo de Florida alrededor de cinco millones de espectadores.

Un mes hacía que la mayor parte de aquella multitud vivaqueaba alrededor del recinto, y echaba los cimientos de una ciudad que se llamó después Ardan's Town. Erizaban la llanura barracas, cabañas, bohíos, tiendas, toldos, rancherías, y estas habitaciones efímeras abrigaron una población bastante numerosa para causar envidia a las mayores ciudades de Europa.

Allí tenían representantes todos los pueblos de la Tierra; allí se hablaban a la vez todos los dialectos del mundo. Reinaba la confusión de lenguas, como en los tiempos bíblicos de la torre de Babel.

Allí las diversas clases de la sociedad americana se confundían en una igualdad absoluta. Banqueros, labradores, marinos, comerciantes, corredores, plantadores de algodón, negociantes, banqueros y magistrados se codeaban con una sencillez primitiva. Los criollos de Luisiana fraternizaban con los terratenientes de Indiana; los aristócratas de Kentucky y de Tennessee, los virginianos elegantes y altaneros, departían de igual a igual con los cazadores medio salvajes de los lagos y con los traficantes de bueyes de Cincinnati. Cubrían unos su cabeza con sombrero de castor, de anchas alas, otros con el clásico panamá; quien, vestía pantalones azules de algodón; quien, iba ataviado con elegantes blusas de lienzo crudo; unos calzaban botines de colores brillantes; otros, ostentaban extravagantes chorreras de batista y hacían centellear en su camisa, en sus bocamangas, en su corbata, en sus diez dedos, y hasta en los lóbulos de sus orejas, todo un surtido de sortijas, alfileres, brillantes, cadenas, aretes y otras zarandajas cuyo valor era igual a su mal gusto. Mujeres, niños, criados, con trajes no menos opulentos, acompañaban, seguían, precedían, rodeaban a estos maridos, estos padres, estos señores, que parecían jefes de tribu en medio de sus innumerables familias.

A la hora de comer era de ver cómo aquella multitud se precipitaba sobre los platos típicos del sur y cómo devoraba, con un apetito capaz de producir una escasez de alimentos en Florida, manjares que repugnarían a un estómago europeo, tales como ranas en pepitoria, monos estofados, *fischower*[61], didelfo frito, zorra casi cruda, o magras de oso asadas a la parrilla.

Pero, también, ¡cuán grande era para facilitar la digestión en el estómago de manjares tan indigesto, la variada serie de licores! ¡Qué gritos tan estruendosos, qué vociferaciones tan apremiantes resonaban en las tabernas, provistas abundantemente de vasos, copas, frascos, garrafas, botellas y otras vasijas de formas inverosímiles, con morteros para pulverizar el azúcar y con paquetes de paja!

—¡Julepe de hierbabuena! —gritaba con voz sonora un vendedor.

—¡Ponche de vino de Burdeos! —replicaba otro, con un tono que parecía estar gruñendo.

[61] Manjar compuesto de diferentes pescados. *(N. del T.)*

—*¡Gin-sling!* —repetía otro.

—¡El buen cóctel! ¡El buen *brandy-smash!* —decían otros varios.

—¿Quién quiere el verdadero *ment-julep* a la última moda? —entonaban algunos mercaderes diestros, haciendo pasar rápidamente de un vaso a otro, con la habilidad de un jugador de dados, el azúcar, el limón, la hierbabuena, el hielo, el agua, el coñac y la piña de América, que componen una excelente bebida refrigerante.

En los demás días, invitaciones dirigidas a los gaznates alterados por la acción ardiente de las especias se repetían y cruzaban incesantemente, produciendo una barahúnda de todos los diablos. Pero en aquel 1 de diciembre los gritos eran raros. En vano los vendedores se hubieran puesto roncos para estimular a la gente. Nadie pensaba en comer ni en beber, y a las cuatro de la tarde eran muchos los espectadores, muchos los que componían aquella inmensa multitud, que no habían aún tomado su acostumbrado aperitivo. Había otro síntoma más significativo: la violenta pasión de los americanos por los juegos de azar era vencida por la agitación que se notaba en todas partes. Bien se conocía que el grande acontecimiento que se aguardaba embargaba todos los sentidos y no dejaba lugar a ninguna distracción, al ver que las bolas de billar no salían de las troneras, que los dados del chaquelete dormían en sus cubiletes, que la ruleta permanecía inmóvil, que los naipes de *whist,* de la veintiuna, del rojo y negro, del monte y del faro, permanecían tranquilamente encerrados en sus cubiertas intactas.

Durante el día corrió entre aquella multitud ansiosa una agitación sorda, sin gritos, como la que precede a las grandes catástrofes. Un malestar indescriptible reinaba en los ánimos, un entorpecimiento penoso, un sentimiento indefinible que oprimía el corazón. Todos hubieran querido que el suceso hubiese ya terminado.

Sin embargo, a eso de las siete se disipó de pronto aquel pesado silencio. La luna apareció en el horizonte. Su aparición fue saludada por millares de hurras. Había acudido puntualmente a la cita. Los clamores subían al cielo; los aplausos partieron de todos los puntos, y, entretanto, la blanca Febe, brillando pacíficamente en un cielo admirable, acariciaba la multitud con sus rayos más afectuosos.

En aquel momento se presentaron los intrépidos viajeros. Se centuplicó a su llegada el general clamoreo. Unánime e instantáneamente el canto nacional de los Estados Unidos se escapó de todos los pechos anhelantes, y el *Yankee doodle,* cantado a coro por cinco millones de voces, se elevó como una tempestad sonora hasta los últimos límites de la atmósfera.

Después de este irresistible arranque, el himno cesó; las últimas armonías se extinguieron poco a poco, las notas se perdieron y disiparon en el espacio, un rumor silencioso flotó sobre aquella multitud tan profundamente impresionada.

Sin embargo, el francés y los dos americanos habían entrado en el recinto reservado, a cuyo alrededor se agolpaba la inmensa muchedumbre. Les acompañaban los miembros del *Gun-Club* y diputaciones enviadas por los observatorios europeos. Barbicane, frío y sereno, daba tranquilamente sus últimas órdenes. Nicholl, con los labios apretados y las manos cruzadas a la espalda, andaba con paso firme y mesurado. Miguel Ardan, siempre despreocupado, en traje de perfecto viajero, con las polainas de cuero, con la bolsa de camino colgada del hombro y el cigarro en la boca, distribuía, al pasar, sendos apretones de manos con una prodigalidad de príncipe. Su verbosidad era inagotable. Alegre, risueño, dicharachero, hacía al digno J. T. Maston muecas de pilluelo. En una palabra, era francés, y, lo que es peor aún, parisiense hasta la médula.

Dieron las diez. Había llegado el momento de colocarse en el proyectil, pues la maniobra necesaria para bajar a él, atornillar la tapa y quitar las grúas y andamios inclinados sobre la boca del *columbiad,* exigían algún tiempo.

Barbicane había arreglado su cronómetro, que no discrepaba una décima de segundo del reloj del ingeniero Murchisson, encargado de prender fuego a la pólvora por medio de la chispa eléctrica. De esta manera los viajeros encerrados en el proyectil podrían seguir también con su mirada la impasible manecilla hasta que marcase el instante preciso de su partida.

Había, pues, llegado el momento de la despedida. La escena fue patética, y hasta el mismo Miguel Ardan, no obstante su jovialidad febril, se sintió conmovido. J. T. Maston había hallado bajo sus párpados secos una antigua lágrima que reserva sin duda para aquella ocasión, y la vertió en el rostro de su querido y bravo presidente.

—¡Si yo partiese...! —dijo—. ¡Aún es tiempo!

—¡Imposible, mi querido amigo Maston! —respondió Barbicane.

Algunos instantes después, los tres compañeros ocupaban su puesto en el proyectil y habían ya atornillado interiormente la tapa. La boca del *columbiad,* enteramente despejada, se abría libremente hacia el cielo.

Nicholl, Barbicane y Miguel Ardan se hallaban definitivamente encerrados en su vagón de metal.

¿Quién sería capaz de pintar la ansiedad universal llegada entonces a su paroxismo?

La Luna avanzaba en un firmamento de límpida pureza, apagando al pasar el centelleo de las estrellas. Recorría entonces la constelación de Géminis, y se hallaba casi a la mitad del camino del horizonte y el cenit. No había, pues, quien no pudiese comprender fácilmente que se apuntaba delante del objeto, como apunta el cazador delante de la liebre que quiere matar y no a la liebre misma.

Un silencio imponente y aterrador pesaba sobre toda la escena. ¡Ni un soplo de viento en la tierra! ¡Ni un soplo en los pechos! Los corazones no se atrevían a palpitar. Todas las miradas convergían azoradas en la boca del *columbiad.*

Murchisson seguía con la vista la manecilla de su cronómetro. Apenas faltaban cuarenta segundos para el momento de la partida, y cada uno de ellos duraba un siglo.

Hubo al vigésimo un estremecimiento universal, y no hubo uno solo en la multitud que no pensase que los audaces viajeros encerrados en el proyectil contaban también aquellos terribles segundos. Se escaparon gritos aislados.

—¡Treinta y cinco! ¡Treinta y seis! ¡Treinta y siete! ¡Treinta y ocho! ¡Treinta y nueve! ¡Cuarenta! ¡Fuego!

Inmediatamente, Murchisson, apretando con el dedo el interruptor del aparato, estableció la corriente y lanzó la chispa eléctrica al fondo del *columbiad.*

Una detonación espantosa, inaudita, sobrehumana, de la que no hay estruendo alguno que pueda dar la más débil idea, ni los estallidos del rayo, ni el estrépito de las erupciones, se produjo instantáneamente. Un haz inmenso de fuego salió de las entrañas de la tierra como de un cráter. El suelo se levantó, y apenas hubo un espectador que pudiera entrever un instante el proyectil hendiendo victoriosamente el aire en medio de inflamados vapores.

CAPÍTULO XXVII

Tiempo nublado

En el momento de elevarse al cielo a una prodigiosa altura, la candente luz, la llama dilatada iluminó Florida entera, y hubo un momento de incalculable brevedad en que el día substituyó a la noche en una considerable extensión de territorio. El inmenso penacho de fuego se percibió desde cien millas en el mar, lo mismo en el Golfo que en el Atlántico, y más de un capitán anotó en su diario de a bordo la aparición de aquel gigantesco meteoro.

La detonación del *columbiad* fue acompañada de un verdadero terremoto. Florida sintió la sacudida hasta el fondo de sus entrañas. Los gases de la pólvora, dilatados por el calor, rechazaron con incomparable violencia las capas atmosféricas, y aquel huracán artificial, cien veces más rápido que el huracán de las tormentas, cruzó el aire como una tromba.

Ni un solo espectador quedó en pie. Hombres, mujeres, niños, todos fueron derribados como espigas sacudidas por el viento de la tempestad; hubo un tumulto formidable; muchas personas al caer se hirieron gravemente; y J. T. Maston, que imprudentemente se colocó demasiado cerca de la pieza, fue arrojado a veinte toesas y pasó como una bala por encima de la cabeza de sus conciudadanos. Trescientas mil personas quedaron momentáneamente sordas y como heridas de estupor.

La corriente atmosférica, después de haber derribado barracas, hundido chozas, desarraigado árboles en un radio de veinte millas, arrojado los trenes de los raíles, hasta Tampa, cayó sobre esta ciudad como un alud, y destruyó un centenar de edificios, entre otros la iglesia de Santa María y el nuevo palacio de la Bolsa, que se agrietó en toda su longitud. Algunos buques del puerto, chocando unos contra otros, se fueron a pique, y diez embarcaciones, ancladas en la rada, se estrellaron en la costa, después de haber roto sus cadenas como si fuesen hebras de algodón.

Pero el círculo de las devastaciones se extendió más lejos aún, y más allá de los límites de los Estados Unidos. El efecto de la repercusión, ayudada por los vientos del oeste, se dejó sentir en el Atlántico a más de trescientas millas de las playas americanas. Una tempestad ficticia, una tempestad inesperada, que no había podido prever el almirante Fitz Roy, puso en dispersión su escuadra; y muchos buques, envueltos en espantosos torbellinos que no les dieron tiempo de cargar ni rizar una sola vela, zozobraron en un instante, entre ellos el *Child-Herald,* de Liverpool, lamentable catástrofe que fue objeto de las más vivas reclamaciones de la prensa de la Gran Bretaña.

En fin, y para decirlo todo, si bien el hecho no tiene más garantía que la afirmación de algunos indígenas, media hora después de la partida del proyectil, algunos habitantes de Gorea y de Sierra Leona pretendieron haber percibido una conmoción sorda, última vibración de las ondas sonoras, que, después de haber atravesado el Atlántico, iba a morir en las costas africanas.

Pero volvamos a Florida. Pasado el primer instante del tumulto, los heridos, los sordos, todos los que componían la multitud, salieron de su asombro y lanzaron gritos frenéticos, vitoreando a Ardan, a Barbicane y a Nicholl. Millones de hombres, armados de telescopios y anteojos de largo alcance, interrogaban el espacio, olvidando las contusiones para no pensar más que en el proyectil. Pero lo buscaban en vano.

No se le podía ya distinguir, y era preciso resignarse a aguardar a que llegaran los telegramas de Long's Peak. El director del observatorio de Cambridge ocupaba su puesto en las montañas Rocosas, siendo él, astrónomo hábil y perseverante, a quien se habían confiado las observaciones.

Pero un fenómeno imprevisto, aunque fácil de prever, y contra el cual nada podían los hombres, sometió la impaciencia pública a una ruda prueba.

El tiempo, hasta entonces tan sereno, se echó a perder de pronto; el cielo se cubrió de oscuras nubes. ¿Podía suceder otra cosa, después de la revolución terrible que experimentaron las capas atmosféricas y de la dispersión de la cantidad enorme de vapores procedentes de la deflagración de doscientas mil libras de piróxilo?

Todo el orden natural se había perturbado, lo que no puede asombrar a los que saben que con frecuencia en los combates navales se ha visto modificarse de pronto el estado atmosférico por las descargas de la artillería.

El Sol, al día siguiente, se levantó en un horizonte cargado de espesas nubes, que formaban entre el cielo y la tierra una pesada e impenetrable cortina que se extendió desgraciadamente hasta las regiones de las montañas Rocosas. Fue una fatalidad. De todas las partes del globo se elevó un concierto de reclamaciones. Pero la naturaleza no hizo de ellas ningún caso, y justo era, ya que los hombres habían turbado la atmósfera con su cañonazo, que sufriesen las consecuencias.

Durante el primer día, no hubo quien no tratase de penetrar el velo opaco de las nubes, pero todos perdieron el tiempo miserablemente. Además, todos miraban erróneamente al cielo, pues, a consecuencia del movimiento diurno del globo, el proyectil debía necesariamente pasar entonces por la línea de las antípodas.

Comoquiera que sea, cuando la Tierra quedó envuelta en las tinieblas de una noche impenetrable y profunda, fue imposible percibir la Luna levantada en el horizonte, como si expresamente la casta Diana se ocultase a las miradas de los temerarios o profanos que habían hecho fuego contra ella. No hubo observación posible, y los partes de Long's Peak confirmaron este funesto contratiempo.

Sin embargo, si el resultado del experimento fue el que se esperaba, los viajeros que partieron el 1 de diciembre a las diez horas y cuarenta minutos de la noche, debían llegar el día 4 a medianoche. Hasta entonces era, pues, preciso tener paciencia sin alborotar demasiado, haciéndose todos cargo de que era muy difícil, no siendo en condiciones muy favorables, observar un cuerpo tan pequeño como la granada.

El 4 de diciembre, desde las ocho de la tarde hasta medianoche, hubiera sido posible seguir el curso del proyectil, el cual habría parecido como un punto en el plateado disco de la Luna. Pero el tiempo permaneció inexorablemente encapotado, lo que llevó al último extremo la exasperación pública. Se injurió a la Luna porque no se presentaba. ¡Volubilidad humana!

J. T. Maston, desesperado, marchó a Long's Peak. Quería observar por sí mismo, no cabiéndole la menor duda de que sus amigos habían llegado al término de su viaje. Por otra parte, no había oído decir que el proyectil hubiese caído en un punto cualquiera de las islas y continentes terrestres, y J. T. Maston no admitía ni un solo instante la posibilidad de una caída en los océanos que cubren las tres cuartas partes del globo.

El día 5 siguió el mismo tiempo. Los grandes telescopios del Viejo Mundo, de Herschel, de Rosse, de Fousseaul, estaban invariablemente dirigidos al astro de la noche, porque en Europa el tiempo era precisamente magnífico; pero la debilidad relativa de dichos instrumentos invalidaba todas las observaciones.

No hizo el día 6 mejor tiempo. La impaciencia atormentaba las tres cuartas partes del globo. Hasta hubo quienes propusieron los medios más insensatos para disipar las nubes acumuladas en el aire.

El día 7 el cielo se modificó algo. Hubo alguna esperanza, pero esta duró poco, pues por la noche espesas nubes pusieron la bóveda estrellada a cubierto de todas las miradas.

La situación se agravaba. El día 11, a las nueve y once minutos de la mañana, la Luna debía entrar en su último cuarto, y luego ir declinando, de suerte que después, aunque el tiempo se despejase, la observación sería poco menos que infructuosa. La Luna entonces no mostraría más que una porción siempre decreciente de su disco hasta hacerse Luna nueva, es decir, que se pondría y saldría con el Sol, cuyos rayos la volverían absolutamente invisible. Sería, por consiguiente, preciso aguardar hasta el 3 de enero, a las doce horas y cuarenta y un minutos del día para volverla a encontrar llena y empezar de nuevo la observación.

Los periódicos publicaban estas reflexiones con mil comentarios, y aconsejaban al público que se armase de paciencia.

El día 8 no hubo novedad. El 9 reapareció el Sol un instante, como para burlarse de los americanos. Estos lo recibieron con una estrepitosa silba, y él, herido sin duda en su amor propio por una acogida semejante, se mostró muy avaro de sus rayos.

El día 10 tampoco hubo variación notable. Poco faltó para que J. T. Maston perdiese la chaveta, inspirando serios temores el cerebro del digno veterano, tan bien conservado hasta entonces bajo su cráneo de gutapercha.

Pero el día 11 se desencadenó en la atmósfera una de esas espantosas tempestades de las regiones intertropicales. Fuertes vientos del este barrieron las nubes tan tenazmente acumuladas, y por la noche el disco del astro nocturno, a la sazón rojizo, pasó majestuosamente en medio de las límpidas constelaciones del cielo.

CAPÍTULO XXVIII

Un astro nuevo

Aquella misma noche, la palpitante noticia esperada con tanta impaciencia, cayó como un rayo en los Estados de la Unión, y luego, atravesando el océano, circuló por todos los hilos telegráficos del globo. El proyectil había sido percibido gracias al gigantesco reflector de Long's Peak.

He aquí la nota redactada por el director del observatorio de Cambridge, la cual contiene la conclusión científica del gran experimento del *Gun-Club*.

«Long's Peak, 2 de diciembre.

A los señores miembros del observatorio de Cambridge.

El proyectil disparado por el *columbiad* de Stone's Hill ha sido percibido por los señores Belfast y J. T. Maston, el 12 de diciembre, a las ocho horas cuarenta y siete minutos de la noche, habiendo entrado la Luna en su último cuarto.

El proyectil no ha llegado a su término. Ha pasado, sin embargo, bastante cerca de él para ser retenido por la atracción lunar.

Allí, su movimiento rectilíneo se ha convertido en un movimiento circular de una rapidez vertiginosa, y ha sido arrastrado siguiendo una órbita elíptica alrededor de la Luna, de la cual ha pasado a ser un verdadero satélite.

Los elementos de este nuevo astro no han podido aún determinarse. No se conoce su velocidad de traslación ni su velocidad de rotación. Puede calcularse en 2833 millas, aproximadamente, la distancia que lo separa de la superficie de la Luna.

En la actualidad se pueden establecer dos hipótesis, y según cuál sea la que corresponde al hecho, modificar de distinta manera el estado de cosas.

O la atracción de la Luna prevalecerá sobre todas las fuerzas, y arrastrará el proyectil, en cuyo caso los viajeros llegarán al término de su viaje.

O, conservándose el proyectil en una órbita inmutable, gravitará alrededor del disco lunar hasta la consumación de los siglos.

He aquí lo que las observaciones nos dirán un día u otro, pero, por ahora, el único resultado de la tentativa del *Gun-Club* ha sido dotar a nuestro sistema solar de un astro nuevo.

J. BELFAST».

¡Cuántas cuestiones suscitaba un desenlace tan inesperado! ¡Qué situación preñada de misterios reserva el porvenir a las investigaciones de la ciencia! Gracias al valor y abnegación de tres hombres, una empresa tan fútil en apariencia, cual era la de enviar una bala a la Luna, acababa de tener un resultado inmenso, cuyas consecuencias eran incalculables. Los viajeros, encarcelados en un nuevo satélite, si bien es verdad que no habían alcanzado su objetivo, formaban al menos parte del mundo lunar; gravitaban alrededor del astro de la noche, y por primera vez podía la vista penetrar todos sus misterios. Los nombres de Nicholl, de Barbicane y de Miguel Ardan deberán, pues, ser siempre célebres en los fastos astronómicos porque estos atrevidos exploradores, deseando ensanchar el círculo de los conocimientos humanos, atravesaron audazmente el espacio y se jugaron la vida en la más sorprendente tentativa de los tiempos modernos.

Conocida la nota de Longs Peak, hubo en el universo entero un sentimiento de sorpresa y espanto. ¿Era posible auxiliar a aquellos heroicos habitantes de la Tierra? No, sin duda alguna, porque se habían colocado fuera de la humanidad traspasando los límites impuestos por Dios a las criaturas terrestres. Podían procurarse aire durante dos meses. Tenían víveres para un año. Pero, ¿y después...? Los corazones más insensibles palpitaban al dirigirse tan terrible pregunta.

Un hombre, uno sólo, se negaba a admitir que la situación fuese desesperada. No sólo tenía confianza, y era su amigo adicto, audaz y resuelto como ellos, el buen J. T. Maston.

No los perdía de vista. Su domicilio fue en lo sucesivo Long's Peak; su horizonte, el espejo del inmenso reflector. Apenas la Luna apareciía en el horizonte, la encerraba en el campo del telescopio y la seguía asiduamente en su marcha por los espacios planetarios. Observaba con una paciencia eterna el paso del proyectil por su disco de plata, y, en realidad, el digno veterano vivía en comunicación perpetua con sus tres amigos, y no desesperaba de volverlos a ver un día u otro.

«Me cartearé con ellos —decía al que quería oírle—, cuando las circunstancias lo permitan. Tendremos de ellos noticias, y ellos las tendrán de nosotros. Los conozco; son hombres de mucho temple. Llevan consigo en el espacio todos los recursos del arte, de la ciencia y de la industria. Con esto se hace cuanto se quiere, y ya veréis cómo salen del atolladero».

ÍNDICE